Impressum

Alle Rechte am Werk liegen beim Autor
J., Jaliah
El Puerto – Der Hafen 6
Die Wege der Liebe

Berlin, September 2017
Erstauflage
Lektorat: Günter Bast, Theresa, Srwa Latif
Cover/Bildgestaltung: Wolkenart – Marie Katharina Wölk
Covermodell El Puerto 2,4,6: Yves Len Unser
Facebook: Yves-Len Unser, Instagram: yvesunser

©2017
Herstellung und Verlag: BoD – Books on Demand, Norderstedt.
ISBN 978-3-7448-8772-4

www.jaliahj.de

El Puerto

Der Hafen 6

Die Wege der Liebe

von

Jaliah J.

El Puerto - Der Hafen 1

Ein Neuanfang

El Puerto - Der Hafen 2

Geliebter Feind

El Puerto - Der Hafen 3   Gefährliche Geheimnisse

El Puerto - Der Hafen 4

Die Schatten der Vergangenheit

El Puerto - Der Hafen 5

Gefährliche Rache

El Puerto - Der Hafen 6 Die Wege der Liebe

Los Puentes

GONZALES & ANNA   BRUNO † & MARIA   RUBÉN & AMA †

VIDAL & ELIAN   DANTE, SUELA & SOFIA   DALILA †, DELICIA & BENITO

SERGIO † & VALENTINA   PAOL †   NORA †

PONCE (CUCA), PIERO † & PAOLO †   5 SÖHNE, DIE DIE GESCHÄFTE
IM AUSLAND LEITEN

WEITERE WICHTIGE PERSONEN

AARON - VIDALS BESTER FREUND

NACHO - VERRÄTER DER CINCO SOMBRAS

Cinco Sombras

RAMIRO & LEIRE †   RAMIRO & ANGELINA †   REHAN & EVA †

ALEJANDRO, SANTOS & PONCE   BELINDA   LEVI

RAUL † & ALICIA   RAFAEL † & PILAR †   ROSA †

ROMAN, ALENA & PETRO   ADRIAN †

WEITERE WICHTIGE PERSONEN

SUERTE - GUTER FREUND DER FAMILIE

6

Aus einer kleinen Geschichte, der Idee, dass Belinda nach Puerto Rico fliegt und ihre Familie findet, ist eine sehr spannende Buchreihe geworden, die langsam ihren Höhepunkt findet und deren Charaktere mich tagtäglich in meinen Gedanken begleiten.

Ich freue mich, dass du auch dieses Mal wieder mit dabei bist und wünsche dir viel Spaß beim Lesen.

'Wenn du Puerto Rico einmal in dein Herz geschlossen hast, wird es dich nie wieder loslassen!'

»Belinda, kommst du?« Martha rennt über den roten Asphaltboden, der vom vielen Regen ganz rutschig ist. Belinda sieht sich um, alle Jungen rennen den anderen Mädchen hinterher, keiner beachtet sie, deswegen zieht sie ihre Jacke zu und rennt ihrer besten Freundin hinterher zu den Büschen, die ihnen Schutz bieten.

Theresa bemerkt sie dabei und rennt auch zu ihr, sie will sich Belinda und Martha anschließen, doch durch den rutschigen Boden kann sie nicht so schnell laufen und gerät ins Stocken. Belindas Herz schlägt schneller, als sie sieht, dass nun doch einige der Jungen sie bemerkt haben. Die meisten verfolgen aber schon jemanden und rennen weiter, alle außer Dominik.

Belinda mag ihn nicht, jedes Mal wenn sie Fangen und Küssen spielen, jagt er Belinda und vergisst alle anderen. Auch jetzt lässt er davon ab, Maria zu jagen und startet in Belindas Richtung. Dominik ist einer der schnellsten Jungen der dritten Klasse.

Belinda ist aber schon fast bei den Sträuchern, wo Martha bereits steht und sich zwischen zwei Sträuchern versteckt. Belinda sieht auch schon ein perfektes Versteck, und immerhin läuft Dominik zuerst an Theresa vorbei, die sich erst jetzt wieder richtig aufstellt und losrennt.

Belinda ist jedenfalls schneller als sie im Gebüsch, deswegen beeilt sie sich noch einmal mehr und deutet Martha, wo sie sich verstecken möchte, doch kurz bevor Belinda das Gebüsch erreicht, wird sie mit einem dumpfen Schlag gestoppt. Dominik ist so schnell zu ihr gerannt, dass er nicht stoppen konnte und sie so sehr rammt, dass Belinda zu Boden fällt.

»Heyyy!« Belindas Knie schmerzt sofort. Es ist Sommer, auch wenn es hier nur regnet, ist es so warm, dass Belinda sich eine Shorts angezogen hat und nun blutet ihr Knie. »Was soll das denn? Kannst du nicht aufpassen?« Dominik hilft ihr auf und umfasst sie trotzdem gleich wieder mit seinen Armen. »Das ist nur ein bisschen Blut, hab dich nicht so. Du bist einfach zu schnell.«

Belinda wird sauer, nun kommt auch Theresa bei ihnen an, lacht und verschwindet im Gebüsch. »Wieso hast du sie nicht gefangen, was soll das denn?« Belinda versucht sich loszumachen und deutet auf Theresa. Ein paar andere Jungen kommen und scheuchen Martha und Theresa wieder aus dem Gebüsch, nur Belinda und Dominik bleiben stehen, weil er sie noch immer nicht loslassen möchte.

»Ich wünsche mir einen Kuss auf den Mund.« Belinda versucht, ihn von sich zu schieben. »Vergiss es, du hast mich verletzt, so spielt man das Spiel gar nicht.« Dominik lässt nicht los. »Es ist nur ein bisschen Blut und wenn du sagst, dass du mitspielst, musst du das auch richtig machen, Belinda.«

Nun reicht es ihr, sie tritt auf seinen Fuß, er kneift die Augen zusammen und lässt sie los. »Aua, spinnst du?« Belinda dreht sich um und geht in Richtung Schule zurück. »Ist doch nur ein bisschen Aua, hab dich mal nicht so. Ich spiele nicht mehr mit und wenn du mitspielst, spiele ich nie wieder mit!« Belindas Knie brennt, zwei Jungen wollen sich auf sie stürzen, doch Belinda hebt die Hand. »Ich spiele nicht mehr!«

Martha rennt zu ihr und hilft ihr ins Sekretariat, wo die Sekretärin ihr die Wunde auswäscht und ein Pflaster draufmacht. Belinda geht dann in die letzte Stunde, doch sie hat keine Lust mehr auf Schule und ist froh, als sie nach dem Klingeln direkt zu ihrer Mutter auf die Arbeit gehen kann.

Ihre Mutter setzt sie auf ihren Schreibtisch, gießt ihr etwas zu trinken ein und hört sich ihre Geschichte an. Als Belinda alles erzählt hat, holt ihre Mutter einen Riegel Schokolade aus einer Schublade und lächelt sie an.

»Ich spiele nie wieder mit, wenn Dominik mitspielt und er sagt jetzt vor allen, dass ich eine Spielverderberin bin.« Belindas Mutter lehnt sich zurück. »Kann es sein, dass Dominik vielleicht ein bisschen in dich verliebt ist?« Belinda beißt vom Schokoladenriegel ab und sieht ihre Mutter trotzig an.

»Niemals, wenn man jemanden liebt, dann verletzt man denjenigen doch nicht und ist so gemein.«

Belindas Mutter lacht leise. »Weißt du, es gibt viele Arten von Liebe oder vielmehr viele Wege der Liebe, unterschiedliche Methoden, wie man seine Liebe ausdrückt, die Liebe ist nicht immer leicht zu verstehen. Manchmal verletzt man eine Person, auch wenn man sie liebt. Manchmal verzichtet man auf eine Person, weil man sie liebt, manchmal begeht man Fehler, weil man eine Person liebt und es nicht besser weiß.

Wenn du älter wirst, wirst du erkennen, dass die Liebe nicht einfach ist und begreifen, dass es viele Arten der Liebe gibt.« Ein Arbeitskollege kommt vorbei und fragt, ob Belinda und ihre Mutter Lust hätten, mit ihm eine Pizza essen zu gehen, doch bevor Belinda freudig zustimmen kann, lehnt ihre Mutter höflich ab.

»Mama, warum willst du dich nicht in einen Mann verlieben? Ich möchte auch endlich mal einen Papa haben.« Belinda fragt ihre Mutter sehr selten danach, weil sich dann immer Tränen in den Augen ihrer hübschen Mutter sammeln, so wie jetzt, doch Belinda versteht es einfach nicht.

»Das ist auch eine Art der Liebe, Belinda. Du hast einen Vater und ich liebe ihn. Auch jetzt noch und auch, wenn wir beide ihn niemals mehr sehen können, manchmal muss man auf das was man liebt verzichten, um etwas zu schützen, was man noch mehr liebt, verstehst du das?«

Belinda schüttelt den Kopf und wirft das Papier in den Müll. »Das ist alles so kompliziert bei euch Erwachsenen, ich werde nicht älter und ich möchte das alles auch gar nicht kennenlernen.« Belindas Mutter lacht und reicht Belinda ihre Jacke.

»Das wirst du aber, mein Schatz, und ich hoffe, dass du dich dann daran erinnerst, dass die Liebe viele unterschiedliche Wege haben kann … aber jetzt lass uns erst einmal ein Eis essen, das ist die beste Medizin gegen verletzte Knie.«

Belinda springt freudig vom Schreibtisch, nimmt die Hand ihrer Mutter und nimmt sich fest vor, niemals erwachsen zu werden.

Kapitel 1

Roman zieht sich eine Jacke über seinen dicken Pullover und sieht auf seine Mutter, die erschöpft auf dem Bett eingeschlafen ist. Er ist erst seit gestern hier in Österreich bei seiner Familie.

Hier ist es verdammt kalt, sie sind mitten in den Bergen und es liegt überall Schnee. Doch die Klinik ist gut, es wirkt eher so wie ein medizinisches Hotel und sie haben alle sehr gute Zimmer hier, es wurde eine komplette Etage angemietet und jeder kümmert sich sehr gut um Alena wie auch um Emilia. Gestern konnte er mit Alena nur kurz sprechen, er ist abends in ihr Zimmer gekommen und hat sich zu ihr aufs Bett gelegt.

Früher haben sie oft zusammen in einem Bett geschlafen, Alena ist manchmal nachts zu ihm gekommen, wenn sie Alpträume hatte, nun hat sie einen wahren Alptraum überlebt und redet kaum noch mit ihm, deswegen war Roman auch sehr froh, als sie sich in diesem Augenblick an ihn gekuschelt und geschlafen hat. Zum Glück geht das langsam auch ohne die Hilfe von Elian.

All das hat Roman um den Verstand gebracht, Alena so zu sehen, zu wissen, was ihr angetan wurde, dass er ihr nicht helfen konnte und dass sie einem ehrlosen Hund, wie Elian, mehr vertraut als ihm. Roman hat sich bestimmt nicht immer richtig verhalten in letzter Zeit, doch er hatte sich selbst kaum unter Kontrolle, erst jetzt so langsam, wo seine Schwester schon mehr als zwei Wochen hier ist, hat er sich ein wenig beruhigt und versucht noch einmal, auf Alena zuzugehen.

Roman schließt die Tür leise, auch ihrer Mutter geht es langsam besser, sie ist unendlich dankbar, dass Alena hier geholfen wird und dass sie so auch Zeit mit Petro verbringen kann, der hier ist und auf Alena und Emilia aufpasst. »Schläft sie?« Roman läuft fast in seinen jüngeren Bruder hinein, mit dem er noch immer nicht sehr viel geredet hat. Als sie begonnen haben, zumindest mal ein paar Worte zu wechseln, ist Petro nach Österreich abgereist und

Roman musste sich um all die kranken Dinge in Puerto Rico kümmern.

Petro hat einen seiner Pullover an und als er ihn jetzt aus den gleichen Augen ansieht, die Alena und er auch haben, kann Roman die Abneigung, die er am Anfang noch verspürt hat, gar nicht mehr aufrechterhalten. Am Ende hat seine Mutter recht, Petro kann für all das auch nichts.

»Ja, wieso? Ich denke, du redest immer noch kaum mit ihr?« Petro bleibt vor dem Zimmer ihrer Mutter stehen. »Ja, aber der Arzt hat mich gebeten, in eine Gesprächsrunde mitzukommen, an der nur ich und deine Mutter teilnehmen und Emilia hat mich gedrängt zuzustimmen, die fängt gleich an und ich soll sie abholen.« Petro klopft und Roman schüttelt den Kopf und wendet sich ab, dieses ganze Haus ist ein einziges Therapiezentrum, die sollen ihn hier bloß alle in Ruhe lassen. »Sie ist auch deine Mutter!«

Mit diesen Worten tritt er ins Freie und flucht auf. Wie kann es nur so kalt sein? Er hat vor, noch einige Tage zu bleiben, vielleicht sollte er sich nach dieser komischen Therapiestunde Petro schnappen und mit ihm zusammen neue Kleidung kaufen gehen, er hat kaum warme Sachen und Petro hat fast gar nichts eigenes zum Anziehen. Roman läuft um die Ecke des Gebäudes zu einer breiten weißen Fläche. Wenn der Schnee schmelzen würde, ist das hier sicherlich eine riesige Wiese, von der man direkt auf die Berge sehen kann, jetzt ist hier alles nur weiß, nur einige zarte Fußspuren führen zu einer Schaukel, die mitten in der Landschaft steht.

Alena hat sich nach den Aussagen ihrer Mutter die letzten Tage immer wieder hierher zurückgezogen, zwischen den Terminen, den Untersuchungen und was Alena hier noch alles mitmachen muss. Auch jetzt sitzt sie auf der Schaukel, zart und in einen riesigen Daunenmantel gehüllt, die Locken zu einem unordentlichen Knoten nach oben gebunden.

Neben ihr sitzt Emilia, sie darf sich erst seit zwei Tagen wieder ein wenig mehr bewegen, sie hat tiefe Wunden, die noch immer nicht so gut verheilt sind, deswegen muss sie sich sehr langsam und bedacht bewegen. Emilia trägt nicht mehr die Tracht der Nonnen, doch sie hat weiter einen schwarzen Schleier um ihre Haare gebunden, trägt einen schwarzen langen Rock und ein langes schwarzes, weites Shirt. Sie hat eine von Romans wenigen Winterjacken an, Petro muss sie ihr gegeben haben, offenbar hat ihre Mutter Romans Kleiderschrank komplett geleert.

Beide Frauen schaukeln nur ganz leicht, sie scheinen sich auch nicht zu unterhalten, sondern beide die Berge zu betrachten. Alena spricht noch immer sehr wenig mit ihnen, nur wenn man sie direkt etwas fragt und dann auch nur ganz knapp. Roman atmet tief aus und geht dann zu der Schaukel.

Alena und er haben sich schon immer oft gestritten, doch sie hatten trotzdem stets ein gutes Verhältnis, wenn etwas Wichtiges war, ist Alena jedes Mal zu ihm gekommen, momentan hat Roman das Gefühl, er kennt seine eigene Schwester nicht mehr. Von seiner aufgeweckten, strahlenden Schwester ist nicht mehr viel übrig und Roman wird immer verkrampfter im Umgang mit ihr, doch er probiert es, er wird sie nicht aufgeben, niemals.

Es quält ihn, dass Alena das mitmachen musste und er nicht für sie da war. Roman hat Alena immer gesagt, dass er auf sie aufpassen wird, doch das hat er nicht und dann hat er sie noch nicht einmal gerettet, sondern sein allerschlimmster Feind. Roman wird sich das niemals verzeihen.

»Hey, was tut ihr hier?« Roman stellt sich vor die beiden Frauen, die zu ihm blicken, in keinem der beiden Gesichter zeigt sich eine Regung. Alena legt den Kopf ein wenig schief und sieht Roman in die Augen, sie bekommt hier auch gute Therapieformen für ihre vielen Wunden, sodass kaum Narben zurückbleiben werden und Roman merkt schon jetzt, dass die Wunde über ihrer Nase sehr gut verheilt. Die ersten Tage hat es ihn jedes Mal vor Wut kochen lassen, wenn er ihr ins Gesicht gesehen hat, jetzt erkennt er immer mehr die alte Alena. Ihre psychischen Narben allerdings heilen nur sehr sehr langsam.

»Wir warten auf unsere nächsten Termine.« Alenas Stimme ist nicht mehr als ein Flüstern. »Was hast du als … nächstes?« Alena sieht wieder an ihm vorbei auf die Berge. Immerhin hat sie ihn kurz beachtet, er sollte versuchen, immer das Positive zu sehen. »Es werden mir wieder zwei Ärzte erzählen, dass ich nun ein neues Leben beginnen kann, mich mit meinen Gefühlen auseinandersetzen und versuchen soll, alles in positive Energie umzuwandeln.«

Roman verschränkt die Arme vor der Brust. »Na, das hört sich doch gut an, mach das doch einfach.« Alena blickt zu ihm und er spürt auch den Blick von Emilia auf sich, die ihn die ganze Zeit ignoriert hat. Bevor Alena etwas sagen kann, ruft ein Mann sie herein, ihr Termin fängt offenbar schon an. »Ich muss los …« Alena steht auf und in Romans Magen zieht sich alles zusammen, sie ist viel zu zart und schwach auf den Beinen.

»Alena warte, was hast du danach? Lass uns später zusammen essen, was hältst du davon, wenn wir heute Abend zusammen joggen gehen? Es gibt hier einige Wege, die geräumt sind. Ich muss eh gleich noch einmal los ein paar Sachen besorgen, ich kann auch Sportkleidung für uns mitbringen. Was denkst du?«

Alena und er sind früher oft joggen gewesen, seine Schwester war immer sehr fit und sie hat es geliebt, mit ihm morgens joggen zu gehen, auch jetzt bleibt sie stehen und sieht ihn an. Ein klein wenig hat Roman das Gefühl, dass es in Alenas Augen funkelt. »Das wäre … gut … denke ich. Ja, ich würde schon joggen wollen, wieso nicht? Ich muss den Arzt mal fragen, ob ich das darf.«

Roman nickt und sieht Alena hinterher. »Du bist ja sehr einfühlsam, ist mir schon ein paar Mal aufgefallen.« Romans Blick gleitet zu der hellen Frau mit dem Tuch um ihre Haare. »Du kannst reden? Ist mir neu.« Bisher hatten die beiden noch nie ein Wort miteinander geredet, wie auch? Roman trägt noch immer sehr viel Wut in sich und wenn er diese an jemandem auslassen kann, immer gern.

Er sieht der jungen Frau ins Gesicht, er weiß, dass sie Emilia heißt, zweiundzwanzig ist und eine Nonne und dass sie im Gegensatz zu Petro und Sofia zu keiner Familia gehört. Er hat sie bisher nicht weiter beachtet, doch nun sieht er ihr das erste Mal ins Gesicht.

Sie hat ein schönes Gesicht, sehr hell, sehr fein, große braune Mandelaugen betrachten ihn und ihr Mund zieht sich zu einem leichten Lächeln. Sie ist eine hübsche Frau. Auch wenn man außer ihrem Gesicht nichts sieht, erkennt man das und Roman fragt sich, was sie dazu gebracht hat, sich zu verschleiern.

»Ich kann schon reden, doch ich weiß auch, dass viele Worte umsonst gesagt werden.« Roman lacht leise auf, er ist müde, müde von alledem, was die letzte Zeit passiert ist und da er hier eh nichts weiter zu tun hat, setzt er sich auf die kleine Schaukel neben die Nonne und sieht auch zu den Bergen. »Weise Worte aus dem Mund einer so jungen Frau. Geht es dir besser? Was für Verletzungen hat dieser kranke Mistkerl dir alles zugefügt?«

Roman hat sich nie wirklich nach dem Gesundheitszustand von Emilia erkundigt, doch letztlich ist für all das ein Mann verantwortlich und Roman wird erst wieder zufrieden sein, wenn dieser Mann nicht mehr atmet.

»Die Wunden heilen langsam, sie versuchen genau wie bei Alena zu verhindern, dass zu viele Narben bleiben, aber ich habe alle Menschen verloren, die mir etwas bedeutet haben, so etwas wird nie heilen.« Roman sieht zu ihr, doch Emilia blickt weiter auf die Berge. »Petro ist doch da.« Emilia lächelt matt. »Petro und Sofia haben ihre Familien gefunden, ich habe das Gefühl, Petro wehrt sich dagegen, um mir nicht wehzutun, doch es ist in Ordnung, ich freue mich für ihn.

Die Nonnen waren wie Mütter für uns, sie haben alles dafür getan, damit wir in Frieden aufwachsen und so wenig wie möglich mitbekommen, wie ungewollt wir doch waren und nun sind sie nicht mehr da ...«

Roman sieht weiter zu Emilia, sie hat ein wirklich schönes Gesicht, Roman hat in Puerto Rico noch niemals jemand mit solch zarten Gesichtszügen gesehen, Belinda hat ähnliche, aber auch bei ihr sieht man, dass sie aus Puerto Rico abstammt, bei Emilia überhaupt nicht. »Ja, ich habe das gesehen. Tut mir leid. Vermutlich ist es den Nonnen aber nicht so gut gelungen, euch davon nichts merken zu lassen, wenn jemand wie Benjamin dadurch entstanden ist.«

Allein den Namen auszusprechen, lässt Romans Blut hochkochen, nun sieht Emilia doch zu ihm. »Benjamin war schon immer so, er war von Anfang an anders. Wir hatten immer Angst vor ihm, Schwester Novida hat ihn früh von uns Kindern nachts getrennt, sie hat gespürt, dass er nichts Gutes in sich trägt. Er hat früh angefangen Tiere zu töten, Pläne zu schmieden. Er hat mir immer wieder Haare abgeschnitten und diese verbrannt, weil er geglaubt hat, dass man so die Familias verfluchen könnte, dieser Hass war schon immer da, sobald er wusste, was mit uns nicht stimmt und dass wir verstoßen sind.«

Roman räuspert sich. »Und ihr hattet diesen Hass nicht? Ich meine, ich verstehe ja, dass ihr nicht gerade die … schönste Kindheit hattet und naja … wieso hat er genau deine Haare abgeschnitten?« Emilia fasst sich automatisch über das Tuch auf ihrem Kopf und lächelt matt. »Wegen der ungewöhnlichen Farbe, von allen Kindern auf der Insel bin ich am meisten herausgestochen und nun wissen wir ja auch wieso. Ich gehöre nicht einmal zu den Familias, ich weiß überhaupt nicht, woher ich komme, wie es dazu kam, dass ich auf die Welt gekommen bin und wohin ich jetzt gehöre, weiß ich auch nicht …« Roman sieht zu Boden, er hat sich wirklich nicht viele Gedanken darüber gemacht, wie es den sogenannten verstoßenen Kindern mit ihrem Schicksal gehen muss.

Offenbar hat Emilia Lust zu reden und Roman nichts Besseres zu tun als zuzuhören. »Ich hatte diesen Hass am Anfang auch, von allen Kindern war ich die Wildeste, kaum einer konnte mich bändigen. Ich bin ständig kreuz und quer durch die Insel geflitzt, habe versucht runterzukommen, versucht, mich aufs Schiff zu schleichen und ans andere Land zu kommen. Ich habe mich wie ein in einem Käfig eingesperrter Vogel gefühlt, alle anderen nicht, wir alle kannten es ja nicht anders, doch ich habe gespürt, dass das nicht normal ist.

Irgendwann haben die Schwestern mir dann aufgetragen, jeden Tag in der Bibel zu lesen und das hat mich ruhiger werden lassen, aber alle anderen haben sich einfach dem Schicksal ergeben, jeder von uns wollte schon mal runter von der Insel, doch wir hatten keine Chance und haben gelernt damit zu leben, wir hatten keine Wahl.«

Roman erinnert sich, dass Belinda erzählt hat, wie sehr sich Sofia über alltägliche Dinge wie einen Fernseher, Pizza und Nagellack gefreut hat. »Und deswegen bist du auch Nonne geworden? Hast du dir das reale Leben schon richtig angesehen, ferngesehen, Pizza gegessen …?« Emilia lacht. »Sag ich doch … sehr feinfühlig. Nein, noch nicht. Ich weiß auch gar nicht, was ich machen würde, ich … vielleicht mal ein gutes Buch lesen. Wir durften irgendwann die normalen Bücher nicht lesen, um nicht auf falsche Gedanken zu kommen … ja, so etwas vielleicht. Ich weiß es nicht, ich habe mir noch nicht viele Gedanken darüber gemacht. Im Grunde bin ich noch keine richtige Nonne, ich war auf dem Weg dahin und werde es bestimmt weitermachen, wenn ich erst wieder richtig gesund bin.«

Nun ruft ein weiterer Mann nach Emilia und sie steht auf. Der Rock und die Jacke verdecken alles an ihrem Körper, Roman spürt eine Neugierde in sich aufkommen. »Du solltest erst einmal ein wenig das reale Leben kennenlernen und dich dann entscheiden. Viel Spaß bei deinem Termin … Siehst du, ich kann sehr feinfühlig sein.« Emilia nickt und hebt die Hand. »Dankeschön, viel Spaß beim Einkaufen.«

Roman bleibt noch sitzen, wendet sich aber zu ihr um. »Brauchst du etwas? Ich nehme Petro mit.« Emilia sieht sich auch noch einmal zu ihm um. »Nein, danke. Wir haben kein Geld und wir brauchen auch kaum etwas …« Roman beobachtet, wie Emilia zu dem Mann geht, kurz bevor sie ins Gebäude tritt, sieht sie noch einmal zu ihm.

Dann ist er allein und steht auch auf, er will gar nicht zu viel Zeit zum Nachdenken haben. Er wird sich hier um Alena und seine Mutter kümmern, dabei vielleicht auch Petro etwas näher in die Familie bringen und wenn er Emilia dabei auch noch ein wenig den Spaß am Leben zeigen kann, wird er auch das tun, doch dann wird er zurückkehren, Benjamin finden und ihn für all den Wahnsinn zur Verantwortung ziehen. Roman knackt seine müden Knochen, los geht's.

Alejandro hasst es zu warten, er zieht sein Handy aus der Tasche und sieht nach seinen Nachrichten. Belinda hat ihm geantwortet, dass er den Privatjet in zwei Tagen zu ihr schicken kann. Er wird alles in die Wege leiten, es wird Zeit, dass seine Schwester endgültig nach Hause kommt. Sie scheint einiges zu tun zu haben, sie schreibt nur noch sehr knapp und kurz angebunden, nicht so ausführlich wie sonst, doch das komplette alte Leben hinter sich zu lassen wird sicherlich auch nicht so einfach sein.

Er sieht, dass April ihm geschrieben hat, er hatte sie gestern gefragt, ob alles in Ordnung sei, sie ist noch nicht zurück in Portland. Auf der Messe in Paris hat sie wohl einige wichtige Leute getroffen, die sie auf ein Event heute Abend eingeladen haben, die Freundin ihres Bruders übernimmt solange ihren Laden und Belinda sieht sie ja eh in zwei oder drei Wochen wieder, wenn April ihren Urlaub bei ihnen verbringen will.

Alejandro muss an ihren Abschied am Flughafen denken, er ist extra früher losgefahren und hat sie noch in den Privatjet gebracht, sodass sie noch ein wenig Zeit zusammen verbringen konnten. Es ist nicht mal so, dass sie sich besondern nah gekommen sind, doch wenn April bei ihm sitzt, sie reden und besonders, wenn er sie küsst, reicht es ihm völlig aus ... Alejandro hätte nie geglaubt, dass er jemals so etwas denken würde, doch er muss sich selbst eingestehen, dass April ihn auf merkwürdige Art beruhigt, ihn von alledem, was um ihn herum passiert, ablenkt. Wenn er mit ihr zusammen ist, kann er all den Wahnsinn vergessen, aber dieses Gefühl fehlt ihm zur Zeit, genau wie das Gefühl, sie zu küssen und wie sie verlegen zu lächeln beginnt, nachdem sie sich näher gekommen sind.

April schreibt, dass es ihr gut geht und sie gerade für die Veranstaltung ein Kleid anprobiert. Alejandro schreibt ihr, sie solle ihm Bilder davon schicken und tatsächlich schickt sie ihm zwei Bilder, eines zeigt sie in einem schwarzen Kleid, eines in einem roten. Beide stehen ihr sehr gut, April ist in Alejandros Augen eine der schönsten Frauen, die er jemals gesehen hat. Sie ist ähnlich dunkel wie eine Puertoricanerin, doch sie hat noch etwas viel Exotischeres an sich. Er liebt ihr schönes Gesicht, ihre Haare, ihre Figur, einfach alles, besonders ihr Lachen mag er gerne und statt auf die Kleider sieht er sich Aprils Gesicht an. Sie trägt einen hohen Zopf, in dem ihre glatten Haare streng nach hinten gebunden sind. Sie ist nicht geschminkt und Alejandro könnte die Bilder stundenlang betrachten.

'Und?' April hat wohl nicht die Geduld dafür und Alejandro muss grinsen. 'Wo sind deine Locken?' Er kann sich Aprils Gesicht gut vorstellen, als sie die Nachricht liest. 'Alejandro, es geht um die Kleider.' Er sieht sich die Bilder noch einmal an. 'Ich finde, rot sieht besser aus, also trage schwarz, damit dort niemand auf dumme Gedanken kommt.'

Endlich kommt Santos aus dem Küchenfachgeschäft. April schickt ihm ein augenzwinkerndes Smiley, auch wenn Alejandro es vollkommen ernst gemeint hat. 'Viel Spaß auf der Feier.' Er ist nicht mit ihr zusammen, doch trotzdem stört ihn der Gedanke, dass andere Männer heute Abend garantiert versuchen werden, sie kennenzulernen.

»Schreibst du schon wieder mit April? Dich hat es ja wirklich erwischt?« Santos setzt sich neben ihm und Alejandro steckt das Handy weg. »Mich hat gar nichts erwischt und wieso hast du da so lange gebraucht?« Santos lehnt sich zufrieden zurück. »Lilly kommt zurück zu mir und ich will sie mit ihrer alten Traumküche überraschen, die hatten zum Glück die Daten noch gespeichert.« Alejandro startet den Wagen. »Diese Weichei-Seite kenne ich ja gar nicht an dir.« Er muss lachen und Santos grinst ebenfalls. »Warte mal ab, was April noch alles mit dir anstellen wird, ich bin schon sehr gespannt und werde dich dann an die Weichei-Geschichte erinnern.«

Alejandro fährt direkt zum Hafen und ignoriert die Worte von Santos, er wird sich für nichts und niemanden ändern, er mag April ja, doch er weiß, dass, sobald er sie gehabt hat, sein Interesse nachlassen wird, er muss all das nur etwas netter verpacken, weil April Belindas Freundin ist. Wenn sie dieses Mal nach Puerto Rico kommt, wird er sie einfach alleine ausführen, dann wird auch die letzte Distanz zwischen ihnen fallen.

»Da vorne warten sie.« Direkt an einer Ablegestelle stehen zwei Streifenwagen vor einem schwarzen Motorrad, das aussieht, als würde es fast auseinanderfallen. »Was ist hier los?« Sobald sie aus dem Wagen steigen, werden die Polizisten nervös, Alejandro arbeitet ungern mit ihnen zusammen.

»Dieses Motorrad steht schon ein paar Tage hier, wir wurden verständigt, weil es im Weg steht und da es keine Papiere gibt und das Kennzeichen gar nicht existiert, haben wir sicherheitshalber Fingerabdrücke vom Lenkrad genommen. Als Letztes muss es dieser Benjamin gefahren haben, den Sie suchen, die Abdrücke haben zu denen gepasst, die Sie uns haben zukommen lassen. Wir haben schon überall herumgefragt, niemand hat ihn hier aber gesehen.«

Santos sieht sich das Motorrad genau an, es gibt aber wirklich nichts weiter, er tauscht einen Blick mit Alejandro und beide scheinen das gleiche zu denken. »Welche Schiffe legen hier ab?« Die Polizisten deuten zu einigen riesigen Containerschiffen. »Hier fahren nur die großen ab, die, die nach Amerika oder Europa unterwegs sind. Was sollen wir mit dem Motorrad machen?«

Alejandro hat ein ungutes Bauchgefühl, er kann nur hoffen, dass Benjamin ihnen nicht entwischt ist, sie sind ihm immer mehr auf den Fersen, nicht dass er geflüchtet ist, bevor sie sich ihn schnappen konnten. »Vernichten Sie es und geben Sie alle Daten von Benjamin an alle Behörden aus allen anderen Ländern weiter. Sagen Sie von mir aus, es ist ein gefährlicher Massenmörder mit einer Belohnung von einer Million, wir müssen ihn finden. Er soll aber lebendig gefasst werden, aber suchen Sie trotzdem auch hier weiter, ihm ist alles zuzutrauen.«

Die Beamten nicken und Alejandro nimmt sein Handy in die Hand und ruft Belinda an, sie nimmt nicht ab, doch keine Minute später, noch bevor Alejandro zurück zum Auto gekommen ist, schreibt sie ihm, dass sie gerade einen Termin hat und nicht telefonieren kann. Alejandro antwortet ihr, dass er den Jet heute schon losschickt und sie sich mit ihren Sachen beeilen soll und dann, sobald sie es kann, zurückfliegen soll, der Jet wartet am Flughafen auf sie.

Alejandro hat ein ungutes Bauchgefühl und er will seine Familie bei sich in Sicherheit wissen.

Kapitel 2

Es ist alles dunkel und feucht.

Belinda versucht sich aufzusetzen, ihre Arme schmerzen und ihr ist übel. Es dauert eine kleine Weile, bis sie begreift, wo sie ist und was passiert ist und sofort wünschte sie sich, sie würde wieder schlafen und ihre Augen nicht mehr öffnen müssen.

Es ist jetzt zwei Tage her, dass Benjamin plötzlich bei ihr im Wohnzimmer saß. Belinda war starr vor Angst, er hat ihr ganz ruhig erklärt, dass sie keine Angst zu haben braucht. Für ihn ist Belinda nicht wie die anderen Mitglieder der Familia. Da sie nur zur Hälfte eine Sombras ist und ihr Leben woanders verbracht hat, sieht er sie als eine von ihnen, von den verstoßenen Kindern.

Belinda konnte kein Wort sagen, sie hat krampfhaft versucht, aus der Lage herauszukommen, sie wusste genau, dass, wenn er sie erst einmal hat, sie wie Alena in seiner Gewalt bleiben wird. Benjamin hat ihr erklärt, dass er langsam dem ganzen Spiel ein Ende setzen möchte und dafür ihre Hilfe braucht. Er hat ihr gesagt, dass Sofia, Petro und Emilia für ihn Verräter sind, da sie sich nun den Familias angeschlossen haben.

Belinda hat es irgendwann geschafft zu nicken, ihr Körper hat so stark gezittert, dass sie zu mehr nicht in der Lage war. Neben ihr stand eine schwere Vase, sie hat sich langsam in die Nähe bewegt, während Benjamin erklärt hat, dass sie zurück nach Puerto Rico müssen. Er hat gesagt, dass sie ein Privatjet erwartet, der sie nach Houston bringt. Dafür braucht er aber ihre Kreditkarte. Dort wartet ein Boot auf sie, mit dem sie nach Puerto Rico zurückkommen.

Er wurde richtig wütend, da er sich momentan wegen ihrer Brüder und den Puentes kaum fortbewegen kann.

Belinda hat versucht, die Chance zu nutzen, sie hat so getan, als würde sie in ihre Handtasche greifen, hat dann blitzschnell die

Vase gegriffen und mit voller Wucht in die Richtung von Benjamin geworfen. Die Vase hat Benjamin getroffen, doch wie hart und ob sie zersprungen ist, hat Belinda nicht abgewartet, sie ist blitzschnell zur Haustür gerannt.

Bevor sie allerdings die Türklinke benutzen konnte, wurde sie an ihren Beinen zurückgezogen. Benjamin hat sich auf sie geworfen. Belinda ist nach vorne gefallen, mit dem Kopf an die Haustür, dort wurde ihr das erste Mal schwarz vor Augen, doch nicht das letzte Mal in diesen Tagen.

Belinda ist es eiskalt den Rücken heruntergelaufen, als sie die Augen wieder geöffnet hatte und Benjamin über sie gebeugt war. Belinda war nackt, sie lag auf ihrem Teppich und Benjamin lächelte ihr freundlich entgegen. »Genau ... so schön wie Alena. Keine Angst, ich haaaabe nicht genau hingesehen, ich möchte nicht, dass Alina sonst irgendwaaaann einmal sauer auf mich wird.«

Belinda versucht sich loszumachen, doch sie kann sich nicht bewegen, nur sehr langsam und auch nicht alles an sich. Benjamin erklärte ihr, dass sie ein Mittel bekommen hat, was sie ruhig hält, dann zog er sie wieder an. Die Kleidung, die sie anhatte, war voller Blut und Benjamin zog ihr eine schwarze Leggings und ein weißes Top an, darüber einen Pullover.

Belinda versuchte weiter, sich zu bewegen, doch es war kaum möglich. Nur mit Benjamins Hilfe konnte sie aufstehen. Er schob sie fast schon vor sich her, nahm ihre Jacke und ihre Tasche, dabei sah Belinda im Spiegel, dass sie am Kopf eine Platzwunde hat. Benjamin stülpte ihr eine Wollmütze über die Wunde und als Belindas Handy piepste, sah er belustigt drauf und antwortete April an Stelle von Belinda. »Damit aaauch keiner so schnell merkt, dass du weeeg bist.«

Alles weitere ist für Belinda wie ein grauer Schleier, sie weiß, dass sie ein Flugzeug bestiegen haben und dass Benjamin einem Mann erzählt hat, dass Belinda zu viel getrunken habe, als nächstes erinnert sie sich daran, wie sie mitten in der Nacht wieder ausgestiegen und mit einem Taxi zum Hafen gefahren sind. Benjamin hat Belinda die ganze Zeit ein Messer an die Seite gehalten, doch das wäre gar nicht nötig gewesen, Belinda hat ständig neue Spritzen bekommen und war nicht in der Lage, selbstständig zu handeln oder zu sprechen.

Irgendwann sind sie auf ein Boot gekommen, in dem Benjamin sie unten eingesperrt hat. Es muss sehr lange gedauert haben, bis Belinda wieder einigermaßen klar bei Verstand war, sie hat wieder Leben in sich gespürt, Angst und Panik, als irgendwann Benjamin die Tür geöffnet und sie nach oben in eine dreckige zerstörte Kajüte gebracht hat.

Sie waren mitten im Meer, nirgendwo Land in Sicht und die Sonne brannte vom Himmel herab. Benjamin hat Belinda Bananen und Wasser gegeben und ihr Überlebenswillen hat sie alles herunterschlingen lassen. Doch seine Laune war nicht mehr so gut, er hat ihr beim Essen zugesehen und erklärt, dass er den ganzen Tag über Belindas Handy Nachrichten beantworten muss und sie gefragt, wieso ihre Familie sich so um Belinda kümmert, sich aber nie einer um ihn oder eines der anderen verstoßenen Kinder gekümmert hat.

Belinda hat versucht abzuwägen, was sie tun soll. Soll sie sich wehren und kämpfen oder versuchen, normal mit ihm zu reden und vielleicht überleben zu können? Sie will leben, sie will nicht sterben und die Tatsache, dass sie noch nicht so leiden musste wie Alena, hat Hoffnung in ihr aufkeimen lassen, deswegen hat sie nur leise geflüstert, dass sie es nicht wüsste.

Doch sollte Belinda wirklich geglaubt haben, Benjamin hätte nichts mit ihr vor, hat sie sich bitter getäuscht. Er hat sie gezwungen zu essen, Brot und Bananen und viel Wasser zu trinken gegeben und dann hat er ihr immer wieder Blut abgenommen. Belinda wurde immer schwächer und ist irgendwann auf einer kleinen Pritsche eingeschlafen, während sie zugesehen hat, wie Benjamin an etwas gebastelt hat, was sehr nach Bomben aussah.

Als sie das nächste Mal wach wurde, hat er probiert, eine Videoaufnahme zu machen, immer wieder, stundenlang, jedes Mal, wenn er zu stottern angefangen hat, hat er wieder von vorne begonnen, offenbar wollte er die Aufnahme ohne seinen Sprachfehler hinbekommen.

Er wurde immer wütender und irgendwann ist er vor Wut auf Belinda los, er hat auf sie eingetreten und immer wieder auf sie eingeboxt, Belinda hatte keine Kraft, sich zu wehren, wie auch. Dann musste sie wieder Bananen und Brot essen, bevor er sie erneut in die dunkle Kammer gesperrt hat, wo sie gerade erst wieder aufgewacht ist.

Sie weiß nicht, ob es Tag oder Nacht ist, doch sie hört Stimmen, seine Stimme, er telefoniert aufgeregt und sagt, dass der Plan läuft und dass er aber Hilfe brauche. Belinda versucht aufzustehen, als die Stimme wieder leiser wird, doch plötzlich wird die Tür aufgerissen und er zieht sie nach draußen.

Belinda stöhnt schmerzvoll auf, ihr ganzer Körper schmerzt und alles zieht sich in ihr zusammen, als sie in sein Gesicht sieht, auf die entstellte Haut, die zu einer grinsenden Fratze gezogen ist und die vor Wahnsinn weit geöffneten Augen. Belinda muss sich übergeben und Benjamin hält ihren Kopf an den Haaren über Bord, dabei erkennt sie vor ihnen Land.

»Los jetzt, wir probieren es nochmaaaal von vorne!«

Roman sieht zufrieden auf die Sportsachen, die er für Alena und sich besorgt hat, die Verkäuferin sagt ihm, dass sie es zu den anderen Sachen legen wird, die er in diesem großen Kaufhaus schon besorgt hat.

Seiner Mutter hat er einen roten Daunenmantel besorgt mit einem passenden Schal, Handschuhen und einer Mütze, mehr wollte sie nicht, sie liebt rot und die Verkäuferin hat ihm versichert, dass das alles gerade absolut angesagt ist und toll zusammenpasst. Roman hat davon keine Ahnung, er vertraut den zwei Frauen, die Petro und ihn die ganze Zeit beraten da einfach mal.

Petro hat lange nichts gesagt, als Roman ihn abgefangen und gesagt hat, er solle mitkommen, doch letztlich ist er ihm dann doch gefolgt, auch wenn er jetzt die ganze Zeit ziemlich schweigsam neben ihm hergelaufen ist.

Roman hat für Alena mehrere dicke Leggins, Pullover, die riesig und weich sind, doch momentan sehr in Mode sein sollen, wie die hübschen Blondinen es ihm versichert haben, einen dicken Schal und einige neue Haargummis gekauft, Alena wollte eigentlich nur die Haargummis, doch er hat ihr alles mitgebracht, was man hier oben so gebrauchen könnte. Als Roman wegen Emilia nachgefragt hat, hat Petro schon gleich geblockt, doch nachdem Roman versichert hat, dass es wirklich okay ist und Emilia sich bestimmt freuen wird, hat er zugestimmt, auch für sie einige Leggins, ein paar schwarze lange Pullover und schwarze neue Tücher zu kaufen, dazu hat Roman noch einen beigen Daunenmantel gekauft, Handschuhe und einen dicken Schal, eine Mütze wird sie ja nicht brauchen, wenn sie eh ein Tuch trägt.

Petro hat auf die Jacke gezeigt und erklärt, dass Emilia nur schwarz trägt, doch Roman glaubt das nicht, Emilia wird sich an das richtige Leben gewöhnen und diese schwarze Kleidung bald ablegen. Er hätte Petro gerne mehr über Emilia ausgefragt, doch sobald es um sie geht, wird Petro wachsam, deswegen hat Roman es sein gelassen, es ist so schon schwer genug, mit Petro zu kommunizieren.

Roman hat sich Pullover, eine neue Jacke, neue Jeans und dicke Boots gekauft, er hat auch noch einige Jacken für die Männer gekauft, die mit ihm hier sind und alles bewachen. In der Zeit haben die Frauen ihnen beigefarbene Boots für Frauen präsentiert, die zwar sehr teuer, aber durch die dickere Fütterung und die Wasserundurchlässigkeit sehr beliebt sind, Roman hat sich sicherheitshalber von seiner Mutter nochmal alle Schuhgrößen schicken lassen, auch die von Emilia und für die drei jeweils ein Paar mit einpacken lassen.

Als Roman Petro aufgefordert hat, sich Sachen zu holen, hat er verneint und gesagt, er brauche nichts, Roman hat ihn nochmal gebeten und erklärt, dass er nun zu ihrer Familie gehört. Auch das hat nicht viel genützt, deswegen hat sich Roman sogar die Mühe gemacht, ihm zu erklären, wie das in einer Familia funktioniert, dass sie alle mitarbeiten müssen und dass sie das auch bald von Petro erwarten werden, dafür gehört ihr Geld natürlich auch zum Teil ihm. Dann ist er nach oben in die Sportabteilung gegangen, mit der Hoffnung, dass sein jüngerer Bruder die Zeit genutzt und sich einige Klamotten zusammengesucht hat.

Roman will wieder zum Fahrstuhl, um das gleich zu überprüfen, da kommt er an einem Ständer mit Büchern vorbei. Natürlich ist das alles nicht auf spanisch, doch Emilia kann ja angeblich mehrere Sprachen. Als Roman die Verkäuferin fragt, was sie noch für Bücher in anderen Sprachen hat, kommt sie mit zwei Büchern zurück, die sie wie Schätze in den Armen hält.

»Das sind zwei Bücher, die jeder gelesen haben muss, ein etwas älteres, Stolz und Vorurteil in der englischen Originalversion und ein etwas aktuellerer Roman, auch auf englisch, mit den beiden Titeln können Sie gar nichts falsch machen.« Roman sieht das Glänzen in den Augen der Verkäuferin und nickt, wenn das Emilias Augen auch dazu bringt, so zu glänzen, ist es genau das, was er gesucht hat.

Mit den beiden Büchern unterm Arm geht er zurück zu Petro und stellt erleichtert fest, dass die Verkäuferin, die bei ihm geblieben ist, einen Mantel, einige Hosen und Pullover und auch noch einige andere Sachen in den Händen hält. Dazu lächelt sie, als Petro etwas zu ihr sagt und auch Petro lächelt leicht. Roman würde sich am liebsten die Augen reiben, er kann nicht glauben, was er da sieht, ein Lächeln bei Petro? Ob er das so schnell wiedersieht?

Er bleibt einen kurzen Augenblick auf respektvollem Abstand, natürlich hat auch er schon gemerkt, dass die beiden hübschen Verkäuferinnen hier mehr als nur höflich zu ihnen sind und er ist auch niemals abgeneigt gegen ein wenig Spaß, doch er hat überhaupt nicht daran gedacht, hier etwas anzufangen, doch jetzt, wo er sieht, wie verschämt und unsicher, aber doch sehr interessiert, Petro mit einer der Frauen redet, schmiedet er still und heimlich einen Plan.

»So, ich habe dann alles und wie sieht es bei dir aus?« Sobald Roman bei den beiden auftaucht, versteinert Petro wieder und Roman seufzt leise aus. Wie lange will er das noch machen? Er versucht auf Petro zuzugehen, was ihm auch nicht leicht fällt. Kann er nicht auch ein wenig über seinen Schatten springen? »Ich habe auch ein paar Sachen gefunden.« Die Frau, die bei Roman geblieben ist, kommt wieder und nimmt ihm auch noch die Bücher ab, um alles zusammenzupacken.

»Wie sieht es aus, können wir uns bei euch beiden Hübschen heute Abend mit einem Essen für eure Mühe bedanken?« Die Frauen sehen sich begeistert an, während Petro Roman ein wenig schockiert ansieht. »Natürlich, gerne, wir würden uns freuen, oder Marie?« Die Frau neben Petro nickt und sieht dabei lächelnd zu Petro, der Roman weiter unbeirrt anstarrt.

»Okay, wann habt ihr Feierabend?« Nun wird Marie aktiv und kritzelt etwas auf einen weißen Zettel, den sie Petro gibt. »Um 21 Uhr, wir warten dann am Haupteingang auf euch. Sollte etwas dazwischenkommen, hier ist meine Nummer.« Roman zieht seine Kreditkarte aus der Tasche und deutet, dass er zahlen will. »Sehr schön, Ladys, dann entführen wir euch heute Abend mal ein wenig in die Welt Puerto Ricos.«

Petro sagt nichts mehr, drei Pagen bringen die vielen Taschen und Beutel zu ihrem Mietwagen und erst als Roman das Ziel ins Navi eingegeben hat und den Wagen startet, sieht Petro zu ihm. Es ist sehr selten, dass Petro zu sprechen beginnt, deswegen ahnt Roman, wie wichtig ihm das ist.

»Wieso hast du das getan? Wieso hast du die beiden eingeladen?« Roman zuckt die Schultern und sieht auf die verschneite Straße, wie kann man nur so leben? »Wieso nicht? Hattest du heute Abend etwas Besseres vor?« Er blickt kurz zu seinem jüngeren Bruder, der ihn von der Seite anstarrt.

»Ich bleibe bei Emilia und bei … Alena, ich habe nicht vor, etwas mit …« Plötzlich kommt Roman ein Gedanke, der ihm ein Ziehen im Magen unterbreitet, daran hat er gar nicht gedacht. »Du hattest noch nie Kontakt zu Frauen. Wie auch auf der Insel, außer zu denen, die da waren …« Petro unterbricht ihn schnell. »Das sind meine Schwestern!«

Herrgott, Roman hat darüber gar nicht nachgedacht, Petro hatte noch nie Kontakt zu Frauen, eine Tatsache, die so schnell wie möglich geändert werden muss. Er setzt an, etwas zu sagen, doch sieht, wie Petro sich abwendet und aus dem Fenster blickt. Natürlich ist ihm das unangenehm und Roman trommelt einen Augenblick auf dem Lenkrad herum und überlegt, was er sagen könnte, doch dann hält er am Straßenrand und wendet sich komplett zu Petro um, von dem er nun die volle Aufmerksamkeit auf sich hat.

»Petro, ich kann absolut verstehen, dass du wütend bist, an deiner Stelle würde ich uns und unser Leben wahrscheinlich auch verfluchen, doch bitte versuch mal, ein wenig darüber hinwegzusehen. Mama, Alena, ich, niemand wusste von dir, wo du bist, was mit dir los ist, nicht einmal Ramiro wusste genaueres. Denkst du, wir hätten zugelassen, dass man euch wegnimmt? Auch wenn du zum Teil ein Puentes bist, fließt in uns das gleiche Blut, das ist nicht mal mit dem zu vergleichen, was du denkst, was dich und die anderen Leute von der Insel verbindet.

Unsere Mutter hat sehr gelitten, weil du ihr weggenommen wurdest und glaube mir, ich hätte meinen kleinen Bruder nicht einfach im Stich gelassen, niemals und ich habe das jetzt auch nicht vor!«

Petro weicht Romans Blick aus, doch jetzt ist er nicht mehr zu stoppen, er sagt einfach das, was ihm auf dem Herzen liegt und hofft, dass Petro das auch wirklich versteht.

»Wir haben einige Jahre verloren, doch wenn du jetzt weiter so stur bist, werden wir noch mehr Zeit verlieren. Keiner verlangt von dir, dass du alles vergisst, doch vielleicht kannst du dich trotzdem deinem neuen Leben ein wenig öffnen. Du hast jetzt eine Familie, eine Familia und auch eine neue Verantwortung. Ich bin mir sicher, dass du dich sehr schnell bei uns einleben wirst, weil es dir einfach im Blut liegt und für alles andere bin ich jetzt da.

Unsere Schwester leidet in jeder Minute und die größte Aufgabe, die vor uns liegt ist es, denjenigen, der dafür verantwortlich ist, zur Verantwortung zu ziehen. Ich werde in einigen Tagen zurückfliegen und möchte, dass du mich begleitest, Alena und Emilia stehen hier unter gutem Schutz, ich brauche dich auf der Suche nach Benjamin. Wirst du uns helfen, ihn zu bekommen und für unsere Familia kämpfen?«

Petro sieht ihm wieder in die Augen, es scheint so, als würde er am liebsten tausend Dinge sagen, doch er nickt nur und erinnert Roman sehr an sich selbst vor einigen Jahren. »Ich werde mit euch zusammen Benjamin für alles zur Verantwortung ziehen.«

Roman nickt ebenfalls und gibt wieder Gas, er kann sich ein zufriedenes Lächeln nicht verkneifen und stößt Petro leicht von der Seite an, vielleicht ist es gar nicht so schlecht, einen jüngeren Bruder zu haben.

»Morgen fangen wir mit dem Training an, aber heute sorgen wir dafür, dass du lernst, wie wir dafür sorgen, dass die Frauen in der ganzen Welt von den Cinco Sombras schwärmen.« Roman kann sich sein Grinsen im Gesicht nicht verkneifen, bevor er die Musik einschaltet.

Kapitel 3

Elian sieht unsicher aus dem Fenster. »Ich habe kein gutes Gefühl, irgendetwas stimmt nicht. Was ist, wenn das eine Falle ist, wieso sollte Benjamin uns plötzlich irgendwohin bestellen?« Vidal lenkt das Auto in das Hafengelände hinein, die anderen sind schon angekommen.

»Natürlich ist es eine Falle, irgendetwas wird er vorhaben, doch wir müssen eben schneller und schlauer handeln als er. Über die Hälfte der Männer ist in der Cuidad geblieben und sichert alles ab. Mal sehen, was Benjamin geplant hat, vielleicht will er uns alle in ein Haus locken und dann abfackeln, oder eine Bombe wartet auf uns. Er ist nicht dumm, er wird schon wissen, was er tut, deswegen müssen wir besser vorbereitet sein.«

Vor einer Stunde wurde bei ihnen von einem eingeschüchterten Postboten ein Paket abgegeben, darin war einer dieser Affen mit einem selbstgeschriebenen Brief. Allein das hat gezeigt, wie krank der Kerl ist, er hat den Brief mit Blut geschrieben und mit Wachs versiegelt.

'Ich möchte euch gerne treffen, damit wir uns über eine für beide Seiten zufriedenstellende Lösung einigen können.'

Sie haben ein weiteres Versteck von ihm auftun können und wieder einiges von ihm zerstört. Er merkt offenbar, dass er nicht mehr viel Raum hat und sie ihn jederzeit schnappen können, doch wie kommt er auf die Idee, sie würden irgendetwas mit ihm verhandeln?

Natürlich ist Elian bewusst, dass Benjamin nicht auftauchen wird, doch sie sind zu dem angegebenen Treffpunkt im Casitas von Pablo gefahren. Als er jetzt aussteigt und auf die vielen anderen

Autos sieht, seufzt er genervt auf. Es war ja klar. »Offenbar haben nicht nur wir diese Nachricht erhalten.«

Einer ihrer Männer schickt einen Bombenspürhund, den sie seit zwei Tagen haben, ins Café. Er schlägt an, wenn er eine Bombe findet, als er schwanzwedelnd zurückkommt, gehen sie in das Café, das mittlerweile wieder vollständig aufgebaut ist und wo wieder einige Gäste auf der Terrasse sitzen.

Wegen Dante waren sie früher ständig hier, Elian sieht sich noch einmal um, doch es ist nichts Auffälliges zu erkennen. Vidal und Aaron gehen vor, er folgt ihnen zusammen mit Dante und Cuca. Benito ist in der Cuidad geblieben, wo sich noch immer alle aufhalten. Natürlich verwundert es sie nicht, dass sie auf Alejandro, Santos, Ponce, Levi und Suerte treffen. Sie haben es schon an den Autos gesehen. Sie sitzen an zwei Tischen im Restaurant vor einer weißen Leinwand, auf der wichtige Sportveranstaltungen übertragen werden. »Na was für eine Überraschung!« Alejandro sieht sie nicht einmal richtig an.

»Ich habe damit nichts zu tun, das lag heute vor meinem Laden, als ich aufgeschlossen habe.« Pablo kommt aufgeregt von hinten nach vorne, er bringt Levi etwas zu trinken und Elian zieht die Augenbrauen hoch. Hat der Typ grad keine anderen Probleme, als sich hier bedienen zu lassen? Elian tritt mit Vidal nach vorn und sieht auf ein braunes Kuvert, das bereits geöffnet ist und auf dem wieder mit Blut geschrieben steht:

'Für meine Freunde, die heute am Mittag hier eintreffen werden und danach verlangen werden! Nicht entsorgen, ansonsten fließt noch mehr Blut und das wollen wir doch nicht!'

Der Psychopath hat einen schrägen Hang zur Dramatik. Pablo holt eine Video-CD aus dem Kuvert. Auch hier wieder eine Warnung darauf:

'Erst um 15.00 Uhr ansehen!'

Elian sieht auf die Uhr, es ist eine Minute vor 15 Uhr, da sie die Nachricht gerade erst bekommen haben, hätten sie auch gar nicht früher reagieren können. »Der Kerl plant alles haargenau.« Pablo deutet auf die Leinwand. »Ich habe schon alles aufgebaut, hätte ich gewusst, dass ihr gemeint seid, hätte ich euch schon angerufen, doch ich dachte, das wäre alles ein Scherz. Ich habe das beinahe wirklich weggeschmissen, bis vor einigen Minuten Alejandro und die Anderen reingekommen sind.«

Alejandro lehnt sich genervt zurück, während sich Aaron und Dante an einen Tisch setzen. Wieder mit den Sombras zusammen zu sein geht ihnen allen auf die Nerven, doch gerade haben sie keine Wahl, also setzt sich Elian neben Aaron und sieht auf die Leinwand, während Vidal sich hinter sie alle stellt und gegen die Wand lehnt.

Natürlich hat Elian sofort gemerkt, dass Roman nicht da ist. Vielleicht ist er zu seiner Mutter und Alena gefahren, was sicherlich am besten ist. Die Tatsache, dass dieser Petro in Alenas Nähe ist, gefällt Elian gar nicht, auch wenn er vielleicht ihr leiblicher Bruder ist, doch Elian traut ihm nicht, niemandem dieser verstoßenen Kinder, selbst bei Sofia hat er noch ein komisches Gefühl, auch wenn sie immer mehr zu ihnen gehört und Dante mittlerweile viel Zeit mit ihr verbringt und die Familia somit automatisch auch.

Pablo fummelt herum und plötzlich erscheint ein Bild auf der Leinwand. Es ist unscharf, man sieht etwas Licht und eine rote Box, das Bild wackelt leicht. »Noch ein Versuch!« Diese Stimme lässt Elians Herz schneller schlagen, er wird sie nie wieder vergessen, nicht bis er diesen Mann in den Händen hat und zu Ende bringen kann, was er bei Alenas Befreiung hätte tun sollen. Es ist Benjamin.

Alle richten sich ein wenig auf, als plötzlich das Bild klar wird, weil Benjamin die Kamera hochhebt und offenbar auf die rote Box stellt. »Dieser Wahnsinnige!« Alejandro hat die richtigen Worte, als sie auf das Monster sehen, was sie alle gerade nicht richtig schlafen lässt.

Es ist keine Angst, niemand hier im Raum hat Angst vor ihm, sie wissen nur nicht, was er als nächstes plant und diese kranke, unberechenbare Art macht ihn zu dem gefährlichsten Gegner, den sie bisher hatten und der ihnen am meisten Schaden zugefügt hat.

Elian kommen sofort die Bilder von Dalila und Alena hoch und alles in ihm zieht sich zusammen. »Verfluchter Bastard!« Wilde Flüche gehen durch den Raum, als sie alle dabei zusehen, wie Benjamin versucht, die Kamera gerade zu stellen. Elian fixiert ihn ganz genau.

Hier in dem Licht sieht er ganz blass aus, ein magerer Kerl, er trägt nur eine graue Leinenhose, man sieht überall an seinem Körper Wunden, seine Haare stehen ihm wild vom Kopf ab, die Narbe über seiner Nase, die er Alena auch eingeschnitten hat, verzerrt sein Gesicht, doch nicht das ist es, was am schrecklichsten beim Anblick auf Benjamin ist.

Es sind die Augen, sie zeigen deutlich, dass all das kein Hass und keine Rache ist, die Augen verraten, dass Benjamin wirklich wahnsinnig ist. Das ist kein Mensch mehr, der da vor ihnen steht, er hat nichts Menschliches mehr an sich. Es ist krank, wie er dann endlich zufrieden in die Kamera sieht, als es ein etwas stabileres Bild wird und die Arme hebt.

»Willkommen, meine Freunde!«

Es ist ganz still und Elian ist sich sicher, dass sie alle das gleiche tun, sie gehen alles ab, was sie sehen, wo ist er? Doch man sieht nur Benjamin und eine weiße Wand, den Anfang eines weißen Tisches, auf dem die Farbe abblättert und es wackelt immer noch. »Er ist auf einem Boot!« Vidal hat recht, Benjamin muss auf einem Boot sein.

»Es freut mich, dass ihr alle gekommen seid, ich hoffe, euch hat meine Einladung gefallen. Ich habe mir viel Mühe gegeben und das Blut, was ich mir ausgesucht habe, ist ein ganz besonderes.

Doch dazu später, erst einmal muss ich euch sagen, dass unser Spiel mir in letzter Zeit immer weniger Spaß gemacht hat. Es ist schwer für mich, mich zu bewegen, ich konnte Puerto Rico nicht verlassen, ich musste mich in einer Bananenkiste in einem Frachter verstecken, um außer Landes zu kommen, das ist nicht sehr angenehm, wisst ihr ...«

Benjamin sieht auf seine Fingernägel, dann beginnt er laut zu lachen und Dante schüttelt den Kopf. »Der ist absolut wahnsinnig, der Kerl.« Benjamin sieht zur Seite und dann wieder zur Kamera. »Ich schweife ab, jetzt habe ich ja Papis Kreditkarte und bin schnell wieder zurückgekehrt, denn nun bin ich mal wieder an der Reihe, oder? Wie geht es eigentlich meiner süßen Alena? Ich vermisse sie richtig, und Elian, bist du auch da? Bestimmt, oder? Ich weiß, dass du das alles gerne zu Ende bringen möchtest, doch ich bin leider immer noch nicht fertig, aber der Tag wird schon noch kommen, wo wir zwei uns wieder gegenüberstehen werden.«

Elian kann es nicht abwarten. »Das mit Dalila war gar nicht geplant, eigentlich ist es momentan eher so gedacht, dass ich die gesamte Führung eurer Familias weghaben möchte, versteht ihr? So wie bei dem Kinderspiel, wo alle um Stühle rennen und dann ist ein Platz zu wenig und einer kann nicht mit auf Reisen fahren ... das gilt jetzt für die Anführer. Ich habe das Spiel immer geliebt.«

Elian schüttelt den Kopf, es war noch nie so klar wie jetzt, wie krank der Kerl ist, wieder beginnt Benjamin schallend zu lachen. »Aber ich hatte nicht genug Zeit und deswegen hat das mit Santos nicht geklappt und dann musste sich die dumme Dalila ins Auto setzen, geschieht ihr ganz recht ... doch dieses Mal wird alles anders. Ich habe mir ein tolles Spiel ausgedacht, ihr werdet es lieben.

Wir sind doch quasi Brüder ... und Brüder spielen miteinander! Wenn ihr dieses Video seht, sind bereits wieder 24 Stunden vergangen und ich habe genug Zeit, alles vorzubereiten. Denn dieses Mal bin ich dran zu gewinnen.« Wieder das Lachen, Elian sieht auf die eingeblendete Zeitangabe, wann das Video aufgenommen wurde und Benjamin hat recht, es war genau vor 24 Stunden.

»Es ist wichtig, dass ihr euch alle an die Zeit haltet bei unserem Spielll, denn es beginnt jetzt sofort und ihr alle spielt mit. Wir wollen nicht noch mehr von diesem kostbaren Blut verschwenden.« Er hebt ein Gefäß hoch, in dem eine Flüssigkeit zu sehen ist, die wie Blut aussieht. Elian ahnt, dass es wirklich Blut ist.

»Natürlich brauchen wir auch einen Spieleinsatz und da ich heute die Aufmerksamkeit beider Familias brauche, ist mir eine gute Idee gekommen, von der ihr alle selbst gar nicht so genau wisst.« Benjamin geht zur Kamera und stellt sie neu ein, als dann das Bild wieder klar wird, schluckt Elian schwer und alle im Raum versteifen sich. Es ist totenstill, Elian flucht und dreht sich sofort zu seinem Bruder Vidal um.

Elian hat mit Vidal schon viel erlebt, er kennt ihn in allen möglichen Situationen, er hat ihm das Leben gerettet und Vidal ihm ebenso einige Male, sie haben wirklich alles zusammen erlebt, doch noch nie hat Elian Vidal so gesehen, wie in dem Moment, als die Kamera Belinda zeigt.

»Belinda!« Plötzlich stehen alle von den Sombras, Elian steht auch auf und stellt sich sicherheitshalber zu Vidal, damit der keinen Fehler macht. Aaron, Dante und Cuca sehen auch zu ihnen, sie alle wissen, dass Belinda für Vidal mehr ist, er kann nicht einschätzen wie viel mehr, doch dass Vidal komplett versteift ist und blass auf die Leinwand starrt, zeigt ihm, dass es viel mehr ist, als er geahnt hat.

Einen Augenblick sieht Elian zu den Sombras, nun stehen auch sie alle, bis auf Suerte, und sehen geschockt zur Leinwand, auf der Belinda gezeigt wird, man sieht kaum etwas, sie hat den Kopf gesenkt, doch es ist klar, dass das Belinda ist.

»Wie kann es sein, dass er SIE hat?« Alejandros Stimme holt sie alle wieder aus ihrer Schockstarre zurück, Elian flucht auf, all das Blut ist von Belinda. Sie hebt ein wenig den Kopf und man sieht, dass ihre Stirn blau gefärbt ist, sie wirkt sehr schwach und bei allem, was Benjamin Alena angetan hat, will Elian gar nicht wissen, was er mit Belinda tut.

»Was ...?« Sie kommen nicht dazu, noch mehr zu reagieren, sie haben auch keine Möglichkeit zu reagieren, ihnen sind die Hände gebunden, sie können nur die Leinwand ansehen und das macht Elian rasend, er will gar nicht wissen, wie es den anderen dabei gehen muss, die Luft im Raum glüht.

Benjamin stellt sich vor Belinda. »Ich hoffe, damit konnte ich euch ein wenigggg überraschen. Ich dachte mir, ich hole mir die süße Belinda an die Seite. Es ist schon komisch ... ich weiß, dass ich jetzt plötzlich all eure Aufmerksamkeit habe. Bis gerade habt ihr bestimmt alle noch über mich gelacht ... doch nun lache ichhhhhhh.«

Benjamin lacht wild auf und geht zu Belinda, er stellt sich neben sie und legt seine Wange an ihre. Alejandro brüllt wütend einen Fluch und geht noch näher zur Leinwand. Elian hasst alle Sombras, doch in diesem Moment tun sie ihm wirklich leid, man sieht ihnen an, wie sehr sie dieser Anblick quält, nicht nur sie, auch Elian, Dante, sie alle mögen Belinda, doch neben ihren Brüdern und Cousins reagiert auch Vidal wieder, auch er wollte reflexartig nach vorne, doch Elian drückt seine Schulter, es hat keinen Sinn.

»Atme durch, das ist eine Aufzeichnung, du kannst jetzt nichts machen, wir holen sie da raus, versuch dich zu konzentrieren!« Er spürt, dass sein Bruder ihm nicht zuhört, doch er stoppt wenigstens, auch Dante stellt sich jetzt zu ihnen. Belinda sieht nach oben, direkt in die Kamera und Elian fährt es eiskalt den Rücken herunter. Sie sieht so geschwächt und verängstigt aus.

Benjamin reibt seine Wange an ihrer und Belinda dreht ihr Gesicht angeekelt weg, was Benjamin so verhindert, dass er sie an den Haaren wieder zu sich zieht. »Na na na, sie ist wirklich sehr ungezogen, eure Schwester. Alena war da einfacher, doch wisst ihr, wie man Frauen dazu bekommt, ruhig und schläfrig zu werden? Nehmt ihnen ihr Blut ... und sie tun, was du willst.«

41

Benjamin hebt Belindas Arme, wo überall Einstichspuren und Blut zu sehen sind, deswegen ist sie so schlapp. »Vielleicht habe ich ein wenig übertrieben, aber es hat so Spaß gemacht, mit ihrem Blut zu spielen, sie hat ja offenbar anderes Blut als wir, was mich verwundert.« Pablo, der auch im Raum geblieben ist, bringt alle anderen Gäste weg, er spürt, dass es besser so ist, die Brüder von Belinda werden immer ungehaltener, man sieht ihnen die Verzweiflung über ihre Machtlosigkeit an.

»Ruft alle Männer an, sie sollen ganz Puerto Rico auf den Kopf stellen, sofort!« Santos' Stimme donnert durch den Raum, doch Cuca hebt die Hand. »Wartet erst ab, was er noch sagt, wer weiß, was der kranke Mistkerl ...« Elian ist schneller, als Ponce auf Cuca losstürmt, er schubst mit aller Kraft beide auseinander. »Was hast du dazu zu sagen? Sie ist unsere Schwester!«

»Ich hoffe, ich habe noch all eure Aufmerksamkeit.« Elian flucht und sie alle sehen wieder zur Leinwand, dieser Tag wird nicht gut enden, das weiß Elian jetzt schon, doch Ponce bleibt neben ihm und Cuca stehen und sieht ebenfalls wieder zur Leinwand, Elian blickt sich schnell zu Vidal um, er sieht blanke Wut in seinen Augen, doch Dante nickt und deutet Elian, dass er ihn im Griff hat.

»Wie gesagt, ich genießßßße die Zeit mit unserer hübschen Belinda, doch ich möchte ihr gar nicht wehtun, sie ist ja genau wie wir nur zur Hälfte eine von euch und meine Versuche mit Alena haben mir schon genug Einsicht in eure Welt gegeben. Dass ich eure kleine Prinzessin hier habe, dient nur dazu, eure Aufmerksamkeit zu bekommen und die habe ich nun, oder Belinda? Was denkst duuuu? Wer wird am meisten gerade leiden bei deinem Anblick? Deine Brüder? Sie lieben dich sicherlichhhh, wie sollten sie nicht? Ich denke, alle werden dich retten wollen, die Helden der Sombras und der Puentes, doch sie können mich nicht besiegen, weil sie bis jetzt noch nicht verstanden haben, dass sie dafür zusammenarbeiten müssten, doch ihrrrr Hass ist stärker und so liegt ihre Konzentration so sehr auf der anderen Familia, dass ich tun kann, was ich will.«

Elian legt seine Hände an die Taille und sieht zu Alejandro, doch der ist gar nicht mehr richtig da, er starrt auf die Leinwand, man erkennt, dass er etwas tun will, doch sie alle sind gezwungen, sich Benjamins krankes Spiel richtig anzusehen, um auch alles mitzubekommen. Dieser verfluchte kranke Mistkerl, wahrscheinlich hat er sogar recht und das ist die ganze Zeit das Problem, Benjamin kann all das nur tun, weil sie noch immer zu sehr damit beschäftig sind, die andere Familia im Auge zu behalten, statt sich komplett auf ihn zu konzentrieren.

»Wie es deinen Brüdern und Cousins wohl geht, wenn ich das mache?« Benjamin nimmt ein Messer und fährt langsam an Belindas Kehle entlang, Elian spürt, wie Ponce den Atem anhält, doch Benjamin drückt nicht zu, er sieht wieder in die Kamera. »Doch nicht nur die Sombras wird das alles treffen, oder Vidal? Wer konnte schon ahnen, dass die hübsche kleine Belinda, in die du dich verliebt hast, deine Feindin ist? Und Belinda, dirrr ist es völlig egal, wer Vidal ist, oder? Immer wieder warst du bei ihm? Weiß deine Familia davon, wie sehr du ihn liebst?«

Elian flucht leise, er hat es geahnt, Benjamin hält Bilder hoch, die Belinda und Vidal zeigen und Elian weiß, dass einige noch nicht sehr alt sind. »Du dreckiger Bastard, ich habe es geahnt, dafür werde ich euch alle ...« Nun ist es Suerte, der Alejandro hält, während Vidal unberührt weiter zur Leinwand sieht. Man sieht, dass er die ganze Zeit Belinda im Blick behält, als könne er so etwas ändern, Elian hat seinen Bruder noch nie so gesehen und sein ungutes Gefühl, dass heute alles eskaliert, bestätigt sich gerade.

»Komm runter, Alejandro, es ist nicht so, als würde ...« Elian kann all das nicht mal erklären, Benjamin gönnt ihnen keine Pause. »Ich hoffe, ihr haut euch jetzt nicht schon die Köpfe ein, das könnt ihr später machen, ohhh nein, nicht ... seht doch, jetzt haben wir Belinda zum Weinen gebracht, ohhh, du liebst Vidal sehr, oder? Das ist so .... romantisch, weißt du das? Meinst du, er empfindet das auch so? Was denkst du, wie es ihm geht, wenn er sieht, dass ich dich so anfasse?«

Benjamin streicht über Belindas Wange und zieht ihr wieder so an den Haaren, dass man ihr schmerzverzerrtes Gesicht sieht, sie weint wirklich. Nun muss Dante Vidal komplett umfassen, als Benjamins Hand weiter wandert und unter Belindas Shirt fasst, doch er zieht sie schnell wieder heraus und lacht. »Nein, ich will meine große Liebe nicht hintergehen. So kommen wir mal zum Punkt: Ich wetteee, ihr seid schon gar nicht mehr alle am Leben, bei all den tollen Neuigkeiten.« Alejandro zieht bereis seine Waffe und sieht zu Vidal, Elian zieht seine Waffe ebenfalls, Vidal ist momentan nicht da und registriert all das nicht, er wird nicht zulassen, dass jemand seinem Bruder zu nahe kommt und seine Schwäche für Belinda nutzt.

»Ich werde Belinda nichts tun, ich möchte sie lieber gegen einen von euch eintauschen. Wie wäre es, ihr Leben gegen euer, Alejandro? Bist du bereit, für deine kleine Schwester zu sterben? Ich brauche unbedingt einen Anführer, vielleicht doch lieber Santos?« Das erste Mal hebt nun Belinda von alleine den Kopf. »Nein, niemals, keiner von ihnen wird ...« Benjamin zieht wieder an ihren Haaren und lacht laut los.

»Aber weißt du, was noch spannender ist, richtige Dramatik ... Vidal, wie sieht es aus? Wie sehr liebst du unsere kleine Schönheit hier? Bist du bereit, dein Leben für sie zu geben?« Elian dreht sich zu Vidal und sein Magen dreht sich um, als er die Entschlossenheit in Vidals Blick sieht.

»Was hältst du davon, Belinda? Vidal gegen dich? Ich habe gesehen, wie schlecht gelaunt er in letzter Zeit war und einen größeren Liebesbeweis gibt es nicht, oder? Außerdem wäre es so witzig zu sehen, wie ein Puentes sein Leben für eine Sombras lässt, das entfacht das Feuer nur noch mehr, denn es ist so abgeflaut in letzter Zeit. Wir beenden nicht nur die Ära der Familias, ich wirble erst noch alles um, alles, woran ihr immer geglaubt hat, diese kleine Schönheit eröffnet mir ganz neue Möglichkeiten.

Ich habe mich entschieden. Alejandro, du bist das nächste Mal dran, nun kümmere ich mich um Vidal.«

Belinda beginnt laut zu schluchzen und im gesamten Raum ist es mucksmäuschenstill.

»Wir spielen eine Schnitzeljagd, ich habe schon alles vorbereitet, bitte denkt nicht, dass ich dumm bin … doch ich schätze, das denkkkt ihr nicht mehr. Jeder Schritt, den ihr macht, der sich nicht an meine Regeln hält, kostet Belinda sofort das Leben, ich meine das absolut ernst, ich beende das Spiel, töte sie und werfe sie in den Müll, solltet ihr euch einmal nicht an meine Regeln halten, ich hoffe, ihr habt das verstanden.«

Er zeigt einen Sprengstoffgürtel. »Den wird Belinda tragen, ihr habt ihr Leben selbst in der Hand, wenn ihr euch auch nur einmal nicht an meine Regeln haltet, wird der Sprengstoff automatisch entzündet, ich kann da selbst nicht mehr eingreifen … ich liebe diese Spannung, also …

… lasst das Spiel beginnen!«

Kapitel 4

Elian tritt näher zur Leinwand und sieht auf den Gürtel, er ist echt, sie alle haben ja schon mehr als einmal gesehen, dass Benjamin mit Bomben umgehen kann. »Verdammt!« Santos hat sein Handy bereits in der Hand, doch zum Glück zögert er noch, jeder falsche Schritt kann nun Belinda das Leben kosten.

»Warte ... keiner von euch tut das! Hört ihr, ich schaffe es schon, lasst euch auf nichts ein, was er sagt, ich möchte nicht, dass ...« Belinda meldet sich plötzlich laut und versucht ihnen allen zu sagen, dass sie auf diesen Austausch nicht eingehen sollen, doch bevor sie ihren Satz richtig beenden kann, wendet sich Benjamin zu ihr um und schlägt ihr so hart ins Gesicht, dass Belinda zu Boden fällt und man nichts mehr von ihr sieht.

»Dieser ...« Dante kann Vidal nicht mehr halten und er steht plötzlich neben Elian, doch dann bleibt auch er stehen, was will er tun? Die Leinwand einschlagen? Es ist bedrückend, wie machtlos die mächtigsten Männer Puerto Ricos plötzlich sind.

»Sie ist auch meine Schwester ... irgendwie, oder? Sind wir nicht alle miteinander verwandt? Ich muss sie auch erziehen, also wo waren wirrr ... ach genau, das Spiel beginnt. Über dem Eingang des Cafés gibt es eine Kamera, die in der Nacht angebaut wurde. Ich weiß also genau, wie viele Männer reingekommen sind, ihr alle zieht euch aus, bis auf die Shorts, keiner trägt mehr als seine Shorts und die Schuhe, zieht euch einzeln im Eingangsbereich aus, dass ich euch dabei beobachten kann, ich will sehen, dass ihr alles ablegt, jedes Handy, jede Waffe, das Gleiche gilt für Pablo, auch er begleitet euch, da er ja nun auch alles weiß. Ihr habt zehn Minuten Zeit, schließt das Café ab und alle eure Geräte und Waffen ein, dann setzt ihr euch ins Auto und gebt diese Nummern in euer Navi ein, am Bestimmungsort erfahrt ihr, wie es weitergeht.

Oh und denkt daran, ein Fehler ... und die hübsche Belinda wird in tausend Stücke gerissen.«

Benjamin hält einen Zettel mit einer Nummer hoch, Cuca und Levi notieren sie sich, dann ist das Bild wieder weiß und die Aufnahme beendet.

»Verfluchte Scheiße, was war das? Ihr macht doch nicht etwa, was der Irre ...« Pablo ist völlig schockiert und auch Elian fasst sich an die Stirn, er weiß, wie krank Benjamin ist und wie ernst er all diesen Mist meint, sie müssen schnell handeln. »Ihr habt gehört, was er gesagt hat, fangt an, wir müssen Belinda da so schnell wie möglich rausholen.« Alle sehen zu Vidal, dessen Stimme nun durch den Raum donnert. »Genau du solltest ...« Alejandro will auf Vidal losgehen, doch Santos und Elian stellen sich beide in den Weg.

»Er hat recht, weil wir mit den Familias beschäftigt sind, gelingt es ihm immer wieder, uns zu schaden, also spart euch das für später. Was tun wir jetzt? Stellen wir ihm eine Falle?« Elian sieht alle an, auch die Sombras, doch Vidal ist schneller.

»Niemand, absolut niemand wird sich hier irgendetwas überlegen und versuchen zu tun, nicht solange er Belinda hat. Was ihr danach tut ist egal, aber erst muss Belinda von diesem Wahnsinnigen weg!« Elian dreht sich zu seinem Bruder um. »Was genau ... du denkst doch nicht im Ernst darüber nach, diesen Austausch zu machen, bist du ...?« Vidal hört ihm schon gar nicht mehr zu.

»Ich werde es nicht zulassen, dass er Belinda etwas tut.« Elian hebt die Arme und deutet auf Alejandro, der nun ein wenig einhält. »Wir alle auch nicht, doch deswegen werde ich garantiert nicht zulassen, dass du dich opferst.« Vidal zieht sich sein Shirt aus und will schon in den nächsten Raum, nun erheben sich alle. »Wie gesagt, ich werde nicht zulassen, dass Belinda auch nur eine Minute länger bei ihm bleibt.«

Elian sieht Vidal in die Augen und die Entschlossenheit darin lässt seinen Magen rumoren. »Ich werde mich für meine Schwester eintauschen lassen.« Alejandro will an Vidal vorbei, doch dieser stoppt ihn und die Luft im Raum wird immer dünner. »Du hast doch gehört, was er gesagt hat, denkst du, dieser Bastard hat Hemmungen, ihr etwas anzutun? Ich liebe deine Schwester, ich weiß, dass dir das nicht passt, doch das ist mir egal. Ich werde nicht zulassen, dass ihr etwas passiert und wenn ich dich dafür aufhalten muss, tue ich das. Wir werden alles genauso tun, wie er es verlangt, wenn Belinda bei euch in Sicherheit ist, dann können wir reagieren, wie auch immer, er kann dann die komplette Macht von uns allen zu spüren bekommen, solange er aber Belinda in den Händen hat, machen wir, was er will ...«

Levi hält den Zettel in der Hand und stößt sie alle beiseite. »Wir haben nicht mehr viel Zeit, bewegt euch, es ist nicht die Zeit, hier herumzudiskutieren, sonst endet das alles, bevor es angefangen hat. Er hat recht, Alejandro, wir müssen alles tun, um Belinda da herauszubekommen, hast du nach Alena noch irgendwelche Zweifel, dass der Kerl zu allem fähig ist? Wir müssen jetzt los!«

Er geht zum Eingangsbereich, sieht sich nach einer Kamera um, streckt den Finger dahin aus, doch zieht sich sein Shirt aus und wirft es auf den Boden, dann nimmt er seine Waffe ab, zieht aus seiner Shorts sein Handy und legt alles zu seinem Shirt, er zieht die Taschen seiner Hosen heraus und zeigt somit, dass er nichts mehr dabei hat, er wendet sich einmal um, zeigt sich von allen Seiten und sieht dann abwartend zu ihnen allen.

Vidal ist der nächste und Elian kocht innerlich, sein Bruder meint es todernst. Elian entledigt sich auch aller Sachen und Suerte ermahnt sie alle noch einmal, auch wirklich alle Waffen abzulegen, um nicht zu riskieren, dass Belinda etwas geschieht. Elian versucht, an Vidal heranzukommen, doch sein Bruder deutet zur Kamera und dass Elian überlegen soll, was er tut.

Nicht nur Elian, sie alle fluchen aus, als sie kurz danach in die pralle Sonne treten, alle nur in Shorts, ohne Waffen, ein völlig überrumpelter Pablo schließt das Café ab und sie gehen zu den Autos. Elian setzt sich zu Vidal, er wird nicht zulassen, dass er seinen Bruder verliert, niemals!

Roman fährt müde auf den Parkplatz der Klinik, es ist kurz nach ein Uhr nachts. In dem Stockwerk, dass extra für sie gemietet wurde, ist es fast überall dunkel. Er hat ein wenig getrunken und es war anstrengend, den ganzen Abend ein Gespräch aufrechtzuerhalten und dann auch noch in englisch, doch er hat es gerne getan, dafür, dass Petro nun ein wenig Spaß haben kann.

Sein Bruder war am Anfang sehr zurückhaltend und ruhig, doch Roman hat ihn immer mehr ins Gespräch eingebracht, irgendwann ist er mit seiner Blondine mal kurz vor die Tür gegangen. Als sie nach einigen Minuten zurückkamen, war bei Petro der Knoten geplatzt und er war voll und ganz auf seine Eroberung konzentriert.

Nachdem Roman bezahlt hat, konnte er sehen, wie die Blondine an Petros Seite ihre Hand auf seine Hose gelegt hat und Roman wusste, dass Petro nun endlich das erleben wird, was niemand so spät erst erleben sollte. Er hat seine Blondine nach Hause gefahren und Petro heimlich Geld zugesteckt, der mit seiner Eroberung gefahren ist, sie wollten noch in eine Bar und Roman hat ihm gesagt, er solle dann mit einem Taxi zurückkommen.

Auch Roman hat darüber nachgedacht, etwas Spaß zu haben, er hat die Kleine geküsst und seine Hand war schon auf Wanderschaft, doch ist er momentan wegen Alena und all dem anderen Kram so abgelenkt, dass er dafür keine Zeit hat, deswegen ist es dabei geblieben und Roman möchte nur noch ins Bett.

»Herr ... was tust du hier?« Genau am Eingang der Klinik sitzt auf einer Holzbank, dick in ihren neuen Winterparker eingemummelt, Emilia. Große braune Mandelaugen sehen ihn müde an, auch jetzt trägt sie das schwarze Tuch um ihre Haare. »Ich warte auf Petro, wieso ist er nicht bei dir?« Als Roman und Petro vorhin die Sachen verteilt haben und sich für den Abend fertig gemacht haben, hat Emilia geschlafen.

»Du brauchst hier nicht zu warten, Petro kommt nicht so schnell, der ... amüsiert sich noch.« Roman deutet Emilia hereinzukommen, es ist viel zu kalt hier draußen, doch sie bleibt sitzen und sieht zu ihm hoch. »Das glaube ich nicht, Petro ist nicht so ein Mann, er würde das nicht tun!« Roman muss sich ein Lachen verkneifen. »Petro ist ein Mann, das reicht und er ist ein Sombras, er kann gar nicht anders. Wo liegt außerdem das Problem, es ist doch etwas schönes, du tust ja so, als würde er gerade einen Massenmord begehen.«

Emilias Wangen werden feuerrot und sie blickt zu Boden, nur weil sie über das Thema Sex reden. Roman hat das Wort noch nicht einmal ausgesprochen, wahrscheinlich würde sie laut losschreien und wegrennen, wenn er das Wort benutzen würde.

»Er kennt doch hier niemanden, so etwas Besonderes sollte man doch nicht … vergiss es, ich warte einfach auf ihn.« Roman versucht, Emilia in die Augen zu sehen, doch sie hält ihren Blick weiter gesenkt, Roman sieht in das Krankenhaus und auf eine gemütliche Sitzecke, an der ein Getränkeautomat steht.

»Warte da, da kannst du ihn auch nicht verpassen, aber ich sage dir, es wird sicherlich noch etwas dauern.« Emilia sieht auch zu der Ecke. »Ich wollte dort drinnen niemanden stören und ...« Roman deutet ihr zu kommen. »Wir bezahlen genug hier, im Grunde gehört uns das Krankenhaus.« Nun hat Emilia wieder ein Lächeln im Gesicht. »Du bist so bescheiden.« Roman lacht und sieht zu ihr, während sie aufsteht und neben ihm zu der Sitzecke geht. »Ich gebe mein Bestes!«

Roman ist müde und will nur noch ins Bett, als Emilia sich aber auf die gemütlichen Sofas setzt, packt ihn doch die Neugier und er setzt sich neben sie. »Was ist für dich eigentlich so schlimm daran, wenn Petro … langsam beginnt, sich wie ein Sombras zu verhalten? Er ist doch so etwas wie dein Bruder oder habe ich da etwas falsch verstanden?«

Emilia sieht zum Getränkeautomaten und räuspert sich. »Es ist nicht schlimm, er kann natürlich tun und lassen was er möchte, doch er verändert sich, Sofia ist weg. Sie ist bei ihrer richtigen Familie, was ich völlig verstehe, nur … wenn jetzt Petro auch noch weg ist, dann … ich habe doch niemanden mehr. Verstehe das nicht falsch, ich freue mich für die beiden, dass sie jetzt ihre Familien gefunden haben, Sofia ruft mich auch an und will mich bald besuchen kommen, doch irgendwie weiß ich im Moment nicht, was ich tun soll. Ich habe alle verloren und gehöre nirgendwo hin … Ich weiß nicht, ob du das verstehen kannst.«

Doch irgendwie tut er das. »Aber Petro ist die ganze Zeit an deiner Seite geblieben, ich denke nicht, dass er dich einfach so dir selbst überlässt. Nur weil er jetzt seine Familia gefunden hat, heißt das nicht, dass er dich aufgibt. Willst du etwas trinken?« Emilia sieht auf den Boden. »Ich wollte schon die ganze Zeit die heiße Schokolade probieren, einer der Ärzte hatte die letztens und die hat so gut gerochen.« Roman steht auf und holt ihr eine. »Wieso hast du sie dann noch nicht probiert?«

Emilia lächelt und nimmt ihm dankbar den Becher ab, sie riecht am Dampf und schließt kurz die Augen. »Ich glaube, ihr versteht alle noch immer nicht so genau, wie wir leben oder wie wir gelebt haben. Ich habe kein Geld, hatte ich auch noch nie. Ich habe noch nie Geld besessen, also kann ich mir auch nichts kaufen. Ich mag es auch nicht, irgendjemanden um einen Gefallen zu bitten, mir war es vorhin sehr unangenehm, all die schönen Sachen anzunehmen. Ich gehöre im Gegensatz zu Petro nicht zu deiner Familie, du hast keinen Grund, auch für mich zu sorgen. Dass ich hier behandelt werde, ist schon mehr, als ich jemals zurückgeben kann.«

Emilia nimmt einen Schluck und schließt erneut die Augen. »Sehr lecker.« Roman sieht ihr genau ins Gesicht, je länger er Emilia ansieht, umso mehr Kleinigkeiten fallen ihm auf. Sie hat neben ihrer rechten Augenbraue einen kleinen Leberfleck, ihre Nase ist ganz fein und ein wenig spitz nach oben, sie kann bestimmt sehr gut ihre Nase in die Luft strecken und eingeschnappt davongehen.

»Du musst nichts zurückgeben, euch allen wurde wegen dem Krieg der Familias genug angetan, das kann man mit keinem Geld der Welt wieder gutmachen, natürlich bedeutet das nicht, dass man so durchdrehen kann wie Benjamin, doch ich verstehe, dass all das nicht leicht für euch ist. Ich denke, alle verstehen das, also bitte, mach dir über solche Sachen keine Gedanken.« Er zieht einen Schein aus der Tasche und gibt ihn ihr. »Nein, das ist nicht nötig.« Roman lächelt und steht auf, dabei drückt er einen kurzen Augenblick die zarte Hand, in die er das Geld gelegt hat. »Doch, das ist es, ich bin müde und werde langsam schlafen gehen, das solltest du auch tun.«

Emilia lehnt sich zurück und zieht das Buch hervor, das sie schon die ganze Zeit bei sich gehabt hat, es ist das Buch, das Roman ihr heute gekauft hat. »Ich lese noch, danke dafür, die Liebesgeschichte ist einfach ... ich habe nicht geahnt, dass man so lieben kann.« Roman lacht leise und sieht Emilia noch einmal in die Augen, bevor er sich umdreht und zu Alena hochfährt. »Ich denke, dass du noch so einiges kennenlernen wirst, von dem du nichts ahnst.«

Noch im Fahrstuhl denkt er über Emilias Worte nach, es muss hart für sie sein, dass man nicht herausfinden konnte, wer ihre Eltern waren, zu wem sie gehört oder gehört hat. Sobald er den Fahrstuhl verlässt, zieht er sein Handy aus der Tasche und ruft Alejandro an, sein Handy ist aus, auch das von Santos und Suerte, es sind ungefähr sechs Stunden Zeitunterschied, bei ihnen müsste es früher Abend sein, was soll das? Er wählt die Nummer von Ramiro und der nimmt zum Glück ab, er weiß nicht, wo sich seine Söhne herumtreiben, doch es ist eh besser, wenn Roman ihn direkt fragt.

Er erzählt ihm von Emilia und bittet ihn, sich umzuhören, er muss doch noch herausfinden können, wer damals ein Baby abgegeben hat, das nicht direkt etwas mit der Familia zu tun hat, es muss doch jemand etwas davon gehört haben. Ramiro verspricht ihm, sich umzuhören. Damit beendet Roman das Gespräch und kann endlich ins Bett gehen und ein wenig Schlaf nachholen, die letzten Wochen sind an niemandem spurlos vorbeigegangen und Roman hofft, dass nun endlich Ruhe einkehrt.

»Du denkst doch nicht im Ernst, dass ich das zulasse? Denkst du, ich lasse dich einfach in den Tod laufen? Es gibt eine andere Lösung, wir müssen nur schnell genug handeln.« Sie folgen dem Navi und kommen dem Ziel viel zu schnell nah, gleich sind sie da. Sie sind eine lange Kolonne und Elian ist sich sicher, dass es in allen Wagen wie bei ihnen laut zugeht, doch keiner versucht so verzweifelt, Vidal zu überreden, das sein zu lassen, wie er.

»Elian, ich muss das tun. Ich lasse nicht zu, dass er Belinda etwas antut.« Aaron, Cuca und Dante sitzen hinten, eigentlich würden sie sich niemals zu dritt hinten zusammenquetschen, doch sie alle versuchen, Vidal sein Vorhaben auszureden, alle außer Aaron, der schweigend in der Mitte sitzt und auf den Boden schaut. Er ahnt, dass es sinnlos ist, Elian weiß es, doch er kann nicht anders, er kann seinen Bruder nicht gehen lassen.

»Das muss auch nicht sein, Elian hat recht, wir können einen anderen ...« Dante will Vidal auch abhalten, doch Vidal stoppt ihn. Elian hat seinen Bruder noch nie so entschlossen gesehen. »Was würdest du denn tun, wenn das Camilla wäre, Dante? Würdest du zögern, sie zu retten? Und du, Elian? Du hast dein Leben fast verloren, um Alena zu retten, dabei kanntest du sie noch nicht einmal! Ich werde Belinda aus seinen Händen befreien und wenn er denkt, dass ich meine Waffen brauche, um ihn zu töten, hat er sich gewaltig getäuscht.«

Vidal hält und um den Worten von ihnen zu entkommen, steigt er schnell aus, hinter ihnen halten alle weiteren Autos, sie sind in einem kleinen Waldstück, das direkt am Meer ist, weit und breit ist nichts zu erkennen, außer einem weißen Luftballon, der an einem der Bäume hängt. »Dieser Wichser und seine kranke Scheiße!« Alejandro stampft an ihnen vorbei zum Ballon, da entdecken auch sie, dass darunter ein Zettel hängt.

»Lauft bis zu den Bäumen, die euch magisch fesseln und greift alle nach einer der Leinen, alle außer Vidal und Alejandro, ich sehe, wie viele Leinen gezogen werden, also denkt nicht, dass ihr mich hintergehen könnt.«

Alejandro zerknüllt den Zettel, nachdem er ihn vorgelesen hat und wirft ihn weg, Suerte zeigt in den Wald. »Er meint die Stelle hier.« Sie alle gehen ein paar Schritte zu einer Stelle, wo mehrere Bäume stehen, um die zahlreiche rote leuchtende Bänder geschnürt sind und wieder drängt Suerte sie. »Macht schon, jeder nimmt eine Schnur, ich will den Scheiß hier hinter mich bringen und zu Belinda kommen.« Suerte greift sich eines der Bänder, das nun richtig zu leuchten beginnt, keiner möchte das, doch Vidal sieht sie alle an. »Tut es, die Einzige, die ansonsten dafür bezahlt, ist Belinda, also los.«

Alejandro und Vidal sehen sich um, während sie alle eines der komischen Bänder anfassen und sie so zum Leuchten bringen. »Da ist noch ein Zettel!« An einem der Bäume hängt ein weiterer weißer Zettel, den Vidal holt, dabei erkennen sie, dass die Schnüre zusammen aus einer Richtung kommen.

»Nun haltet ihr alle Belindas Leben in der Hand, die Schnüre sind direkt mit ihrem Sprengstoffgürtel verbunden, lässt einer los, fliegt die hübsche Prinzessin in die Luft, also überlegt euch jeden Schritt genau! Alejandro, Vidal, folgt den Schnüren, Belinda wartet schon auf euch.«

Vidal sieht sich zu ihnen um und Elian schließt die Augen, nein! »Keiner lässt die Schnur los!« Vidals Stimme donnert durch den Wald. Elian flucht, auch Dante und Cuca melden sich laut. »Vidal, nein! Warte, du kannst nicht ...« Vidal und Alejandro halten ein. Alle Sombras sind still, während sie ihre Verzweiflung kaum verbergen können, sie alle wissen, dass sie Vidal wahrscheinlich das letzte Mal sehen, auch er weiß, was er da von ihnen verlangt und sieht sie bittend an, während Alejandro den Blick senkt.

»Bitte, lasst die Schnur nicht los!« Mit diesen Worten dreht sich Vidal um und geht. Elian ruft ihm hinterher, will ihn zurückhalten und kann es nicht, nicht ohne Belinda zu töten, doch soll er seinen Bruder in den Tod gehen lassen?

Elian war noch nie so verzweifelt wie in diesen Augenblick und als Vidal aus seinem Blickwinkel verschwunden ist, spürt er, dass Tränen in ihm aufsteigen, die er wütend wegflucht, noch nie hat er sich so gefühlt wie in diesem Moment.

Kapitel 5

Belinda kann kaum atmen, sie hält verzweifelt die Augen offen, auch wenn sie so müde ist, dass sie kaum noch stehen kann, doch sie muss. Seit sie von Benjamins krankem Plan erfahren hat, konnte sie kein Auge mehr zutun, sie hat sich aber schlafend gestellt und hat versucht Benjamin zu belauschen, er hat viel telefoniert, doch Benjamin ist nicht dumm, er hat gut aufgepasst.

Belinda hat gebettelt, sich geweigert und Schläge bekommen, sie hat alles versucht, doch sie konnte nicht verhindern, dass Benjamin sie vor zwei Stunden an Land gebracht hat. Sie trägt einen Sprengstoffgürtel, den er mit einem Zünder jeder Zeit auslösen aber auch deaktivieren kann, er hat es Belinda genau erklärt, außerdem hat er mehrere Bänder daran befestigt, die alle in den Wald führen.

Bevor er ihr den Gürtel angelegt hat, hat er Belinda mit einem Schlauch abgespritzt, um das viele Blut zu entfernen und sie wach zu bekommen, beides hat nicht gut funktioniert. Er hat ihr ein weißes kurzes Trägernachthemd gegeben, das sie anziehen sollte, ihre Haare hat er gekämmt und dabei gesagt, dass Belinda hübsch für ihre großen Auftritt sein soll. Dann hat er ihr viel zu trinken gegeben, ansonsten hätte sie gar nicht die Kraft gehabt, stehen zu bleiben.

Benjamin hat einen weißen Kreis aus weißen Rosen gelegt und Belinda sollte sich genau in den Kreis stellen, sollte sie den Kreis verlassen, würde alles in die Luft gehen. Am Anfang durfte sie noch sitzen, doch vor Kurzem hat er mit dem Megafon vom Schnellboot, mit dem er sie an Land gebracht hat, Anweisungen gegeben, sich hinzustellen.

Belinda weiß nicht, woher das Schnellboot plötzlich kam, sie weiß auch nicht, mit wem Benjamin telefoniert hat, doch sie hat gemerkt, dass vorhin noch jemand im Wald war, als Benjamin die Kabel dorthin gebracht hat, sie hat gesehen, dass er die Kabel jemandem gegeben hat, eine Person konnte sie nicht erkennen, nur die Arme.

All das ist so krank und durchdacht, das ist für einen Menschen gar nicht möglich, doch damit kann sich Belinda nicht beschäftigen, sie hat Geräusche gehört und sieht nun angestrengt zu dem Anfang des Waldes. Sie steht mitten auf dem kleinen Strandabschnitt, inmitten dieses Kreises und hinter ihr ist Benjamin auf dem Schnellboot. Sie hat gehört und gelesen, was Benjamin verlangt und sie kann nur hoffen, dass sie sich nicht auf irgendeinen Deal einlassen, sie kann nicht damit leben, dass einer für sie sein Leben verliert und Belinda hat gesehen, was für Sprengstoffe, Waffen, Seile und Folterwerkzeuge Benjamin auf dem richtigen Boot hat, er hat sich schon seit Stunden gefreut und immer wieder gesagt, dass es nun endlich so weit ist und er einen Anführer in die Hände bekommt.

Belinda sieht auf den Sprengstoffgürtel und wieder nach oben. Als plötzlich am Waldrand Vidal neben Alejandro erscheint, schließt sie die Augen und beginnt zu weinen ... nein, nein. Das können sie nicht machen, das dürfen sie nicht. Alejandro und Vidal stocken, als sie Belinda sehen, beide tragen nur Shorts, ihre Blicke gehen hinter Belinda zu Benjamin, der in sein Megafon spricht.

»Willkommen, Anführer der Sombras und Puentes, es ist mir eine Ehre, euch persönlich gegenüberzustehen!« Belinda atmet tief ein, sie sieht, dass beide keine Waffen haben, Vidals Blick liegt auf ihr, er geht sie komplett ab, als würde er all ihre Wunden betrachten und Belinda schüttelt den Kopf. »Nein, verschwindet beide! Keiner von euch wird ...«

Benjamin räuspert sich laut ins Megafon. »Nun hast du meine schöne Rede zerstört, dafür wird es nachher umso schmerzvoller für den Mann, den du liebst, Belinda, du dumme Frau. Vidal, komm langsam nach vorn. Alejandro, erst wenn alle Lichter ausgehen, ist der Gürtel deaktiviert, sorge dafür, dass solange keiner etwas Dummes tut, erst wenn Vidal auf dem Schiff ist, ist Belinda frei. Pass auf, dass alles nach Plan läuft, sonst gibt es noch mehr Trauerfeiern zu veranstalten.«

Vidal will nach vorn treten, doch Alejandro hält ihn am Arm fest und redet mit ihm. Vidal sagt etwas zurück und Alejandro nickt. »Ist das etwa eine nette Geste zwischen den größten Feinden? Da steht plötzlich etwas, was ihr beide liebt, das eint euch, wie niedlich, wäre das zwanzig Jahre vorher passiert, ständen wir heute nicht hier.« Benjamin lacht bitter auf und schreit ins Megafon.

Vidal kommt auf sie zu und sieht Belinda in die Augen, doch sie kann das nicht zulassen, niemals. Sie bewegt sich, will aus dem Kreis heraus, bevor Vidal zu nah kommt. »Belinda! Überlege dir, was du tust, wenn du aus dem Kreis kommst, war all das hier umsonst, die Wucht deines Gürtels ist so stark, dass Vidal und Alejandro mit draufgehen, also ...« Belinda sieht zu Vidal und Alejandro. »Geht! Verschwindet, keiner ... « Plötzlich bewegt sich Vidal so schnell zu ihr, dass sie es nicht mehr schafft, aus dem Kreis zu kommen.

Belinda kann kaum atmen, als Vidal sie an sich drückt, sein vertrauter Geruch sie umhüllt und er sie wieder in die Mitte des Kreises stellt. »Mach keinen Blödsinn, Belinda. Sieh mich an!« Belinda blickt hoch und direkt in Vidals Augen. »Nein, ich kann das nicht zulassen, du kannst nicht zu ihm, Vidal, er ...« Vidal umfasst ihr Gesicht und streicht ihr Tränen weg. »Hat er dir etwas getan, geht es dir gut?« Er sieht an ihrem Körper herunter, er will Belinda nicht zuhören. »Vidal, geh. Lass mich hier zurück. Ich will dich nicht verlieren, bitte, ich ...«

Benjamin unterbricht sie. »Siehst du, Alejandro, wie rührend, was für eine große Liebe muss das sein? Vidal, verabschiede dich ... für immer und komm zu mir aufs Boot, aber ganz langsam, denk daran, in meiner Hand liegt das Leben der Frau, die du zu retten versuchst.«

Belinda schüttelt den Kopf. »Nein! Vidal, bitte!« Belinda fleht und umfasst Vidal, doch der lächelt nur matt und sieht ihr in die Augen. »Du hast mir gefehlt, mein Schatz. Ich liebe dich, Belinda,

und es ist das Einzige, was ich tun kann. Ich schütze dich und ... «
Belinda schließt die Augen, sie muss an ihr Telefonat denken. Wieso hat sie gedacht, er würde sie nicht lieben? Wieso ist sie nicht einfach bei ihm geblieben, dann ständen sie jetzt nicht hier.

»Du wirst sterben, Vidal, ich habe gesehen, was da alles auf dem Boot ist ...« Vidal küsst sie und bringt Belinda so zum Schweigen, es ist nur kurz, doch mit so viel Gefühl, dass Belinda laut schluchzt, als er sich trennt. »Ich werde nicht sterben und wenn, dann nehme ich Benjamin mit in den Tod. Es ist egal, alles ... solange du in Sicherheit bist, für jemanden zu sterben, den man liebt, ist der einzig richtige Weg.«

Belinda will ihn davon abhalten, doch Vidal lässt sie los. »Belinda, bleib jetzt stehen und mach nichts Dummes!« Belinda kann nicht, sie kann es nicht zulassen, als Vidal sich von ihr entfernt, will sie hinterher. »Alejandro, geh zu deiner Schwester und halte sie fest. Nicht dass es hier noch eine Riesensauerei gibt und ich um meinen Spaß mit Vidal komme.«

Belinda ist schon fast aus dem Kreis, da spürt sie Alejandros Arme um sich. »Belinda, nein!« Belinda spürt, wie sie zurückgezogen wird, Vidal dreht sich um und als er sieht, dass Alejandro Belinda hat, beeilt er sich, zu dem Schnellboot zu kommen.

Belinda versucht sich loszumachen, doch Alejandro hält sie. »VIDAL, NEIN!« Belindas Schreien ist schmerzhaft, verzweifelt, selbst ihr geht es durch alle Knochen, doch Vidal blickt sich nicht mehr um, er geht durch das Wasser zu dem Schiff, Benjamin ist an einem Ende, hält die Fernbedienung zu Belindas Gürtel hoch und Vidal setzt sich ans andere Ende.

Man sieht, dass Benjamin gehörigen Respekt vor Vidal hat, er hält eine Waffe und die Fernbedienung und lässt Vidal nicht eine Sekunde aus den Augen. Als er den Motor des Schnellbootes startet, versucht Belinda, sich erneut loszumachen und ruft noch einmal verzweifelt nach Vidal, bevor sie weinend zusammenbricht und dabei zusehen muss, wie das Schnellboot sich wegbewegt.

»Alejandro, ihr müsst ihn aufhalten! Wo sind die anderen, Vidal darf nicht auf das Boot ...« Alejandro zieht Belinda auf die Beine und deutet ihr, vorsichtig zu sein, der Sprengstoffgürtel leuchtet noch immer. »Er hat gesagt, dass er den erst deaktiviert, wenn er Vidal auf dem Schiff hat, solange wird Vidal nichts tun, versuch, dich nicht so viel zu bewegen.«

Er sieht seiner Schwester in die Augen und Belinda erkennt darin, wie groß seine Sorge um sie ist. Er fasst an ihre Wange, es schmerzt, sie muss dort Wunden haben, aber Belinda ist das alles egal. »Was hat er alles getan, Belinda? Du siehst aus, als würdest du gleich umfallen.« Ihr Bruder umarmt sie und Belinda beginnt noch mehr zu weinen, als sie ihren Kopf an seine Brust legt. »Es wird alles wieder gut und Benjamin wird dafür büßen.«

Belinda wendet sich in den Armen ihres Bruders zu dem Boot um, das nun an dem anderen Boot hält, man sieht es nur schemenhaft. Belinda hat mitbekommen, dass Benjamin Vidal mit der Waffe in die Kajüte zwingen und dort erst einmal einsperren will. Er hat einige Stunden damit verbracht, die Tür zu verstärken, sodass sie nicht aufgetreten werden kann, außerdem kam irgendwann ein anderes Boot und Belinda musste herunter, es wurde ein neuer Motor eingebaut, sodass auch dieses Boot sehr schnell fahren kann. Sie hat Stimmen gehört, aber sehr leise und undeutlich.

»Sie sind gleich weg, Alejandro, wir müssen ihn aufhalten, er wird ihn töten ...« Alejandro sieht sich den Gürtel genau an, auch die Kabel, doch er berührt nichts. »Ich wünschte, Benjamin hätte mich an der Stelle von Vidal genommen, dass er sein Leben gegen deines getauscht hat, bedeutet, dass er für immer in meiner Schuld steht. Ich hätte es für dich tun müssen, doch Benjamin weiß, wie er uns am besten quälen kann. Beruhige dich, Belinda, ich halte nicht viel von Vidal, aber ich weiß, dass er nicht so leicht kleinzukriegen ist und nur, weil Benjamin die Waffe in der Hand hat, bedeutet das noch nichts. Die Hauptsache ist, dass dieser Gürtel ...«

Plötzlich geht das Licht am Gürtel aus, Benjamin scheint seine Spiele wirklich ernst zu nehmen, er hält sich an die Regeln. Belinda schließt die Augen, das bedeutet, er hat Vidal eingesperrt. Mit einer schnellen Bewegung reißt Alejandro Belinda den Gürtel vom Körper und wirft ihn weit weg.

Dann geht alles sehr schnell. Er pfeift laut, küsst Belindas Stirn und deutet zum Wald. »Sage den anderen so schnell wie möglich, dass es vorbei ist, ich versuche, mich an sie ranzuhängen.«

Alejandro rennt ins Wasser und schwimmt los und auch Belinda weiß, dass nun jede Sekunde zählt. Sie will losrennen, doch ihre Beine brechen zusammen, sie ist zu schlapp, Belinda weiß nicht einmal, wie viele Tage sie in Benjamins Gewalt war, es müssen mindestens drei gewesen sein, wahrscheinlich mehr. Doch sie weiß, was auf dem Spiel steht, sie ruft nach Santos und Ponce und steht wieder auf, dieses Mal schafft sie es und läuft los, direkt in den Wald.

Immer wieder wird Belinda kurz schwarz vor Augen, doch es dauert nicht lange und sie sieht, wie Dante, Cuca, Aaron, Elian, Santos, Ponce, Levi, Suerte und Pablo an Bäumen stehen und etwas in der Hand halten, als sie Belinda entdecken, erkennt man Erleichterung, aber auch ungeheure Wut in allen Gesichtern, besonders Elian ist sehr blass. »Ist der Sprengstoffgürtel ...« Belinda kann nicht mehr, sie bricht zusammen und hebt die Hände. »Ja, bitte haltet ihn auf! Bitte, ihr müsst Vidal da rausholen ...«

Alles weitere geht so schnell, dass man es mit bloßem Auge kaum erkennen kann. Dante und Elian rennen an ihr vorbei zum Meer, in dem auch Alejandro versucht, Vidal zu helfen. Aaron und Cuca rennen zusammen mit Ponce und Levi in die andere Richtung. »Wir halten Autos an und verständigen alle Männer, das komplette Wasser, alle Straßen, es wird alles dicht gemacht.«

Belindas Herz schlägt viel zu schnell, vielleicht klappt das wirklich, vielleicht können sie diesen Alptraum endlich aufhalten. Sie darf Vidal nicht verlieren, er darf sein Leben nicht für ihres geben, das übersteht Belinda nicht. Sie spürt, wie jemand ihr hoch hilft und dann liegt sie in Santos' Armen und weint bitterlich, sie kann jetzt nicht mehr tun, als zu beten und auf die Familias zu hoffen.

»Beruhige dich, du musst dringend in ein Krankenhaus, Belinda, sieh mich an. Wir regeln das alles, komm mit mir, wir müssen dich untersuchen lassen.« Sie spürt Santos' Lippen auf ihrem Scheitel und wie er sie fest an sich drückt. »Du kannst dir nicht vorstellen, was für eine Angst wir um dich hatten.« Belinda lehnt sich ein wenig zurück und sieht ihrem Bruder in die Augen. »Wo ist Papa?« Santos schüttelt leicht den Kopf, auch er fasst an ihre Wange. »Der weiß noch von gar nichts, wir hatten keine Zeit, irgendwie zu handeln, wir mussten dich retten.« Belinda nickt, doch als Santos sie in Richtung Straße bringen will, macht sie sich los. Sie sieht Suerte bei Pablo am Baum stehen, Suerte wirkt sehr ruhig, Pablo ist blass und zittert, er hat einen kleinen Einblick in den Alptraum bekommen, den sie durchleben.

Statt mit Santos geht Belinda zum Wasser. »Ich warte auf Vidal!« Santos hält sie zurück. »Das bringt jetzt nichts, Belinda. Wir alle versuchen, ihn da rauszuholen, doch du musst in ein Krankenhaus …« Belinda macht sich erneut frei, egal wie schwach sie ist, sie kann nicht anders.

Santos redet auf sie ein, während Belinda all ihre Kräfte zusammennimmt und zum Wasser geht, sie erkennt Elian, Alejandro und Dante, die schwimmen, vielleicht können sie das Schiff im Auge behalten, solange, bis weitere Hilfe kommt, oder Benjamin startet den Motor nicht gleich und sie erreichen das Schiff sogar, egal was, Belinda wird die Hoffnung nicht aufgeben, sie müssen Vidal daraus befreien, sie müssen einfach!

Kapitel 6

»Möchtest du nicht endlich etwas essen?« Belinda sieht nicht einmal richtig auf, als ihr Vater ihr einen neuen Teller ans Bett bringt. Belinda saß noch zwei Stunden am Meer, doch sie haben das Boot nicht gefunden. Das Schiff war zu schnell und Elian, Dante und Alejandro haben es irgendwann nicht mehr gesehen. Als die drei erschöpft wieder aus dem Wasser kamen, ist Belinda erneut zusammengebrochen.

Belinda konnte Elian kaum in die Augen sehen, in seinem Gesicht stand geschrieben, dass er seinen Bruder verloren hat, doch Belinda will das nicht glauben, kann das nicht akzeptieren. Auch Elian hat sie nicht angesehen, er weiß, dass Vidal sich für sie geopfert hat, doch hätte Belinda eingreifen können, hätte sie das niemals zugelassen.

Belinda ist nichts anderes übriggeblieben, als mit Alejandro und Santos zu gehen. Dante und jeder, den sie getroffen hat, hat ihr versichert, sie umgehend zu informieren, sobald sie das Schiff und Vidal gefunden haben. Dann kam auch schon ihr Vater, der erst, als alles vorbei war, davon erfahren hat. Er hat Belinda direkt in ein Krankenhaus gebracht, doch all das hat sie nicht richtig mitbekommen.

Belinda hat nicht aufgehört, aus dem Fenster aufs Meer zu sehen, am liebsten würde sie sich selbst ein Boot nehmen und nach Vidal suchen, doch sie sieht die vielen Boote, die vielen Autos und die unzähligen Männer beider Familias, die in Alarmbereitschaft sind. Belinda spürt, dass sie sich kaum auf den Beinen halten kann, deswegen lässt sie zu, von einem Arzt untersucht zu werden. Sie beantwortet alle Fragen und lässt alle Untersuchungen über sich ergehen.

Benjamin hat sie geschlagen und gedemütigt, er hat ihr Blut genommen und sie grob behandelt, kaum Essen und Trinken gegeben, aber im Vergleich zu dem, was er Alena angetan hat, ist all das gar nichts gewesen. Belinda hatte einfach das Glück, dass er mit der Vorbereitung seines Plans zu tun hatte. Belinda wird verarztet und muss an den Tropf, sie bekommt Flüssigkeit und eine Bluttransfusion ihres Vaters. Belinda soll sich ausruhen, während der Bluttransfusion kann sie auch nicht anders, sie schläft ein, doch immer nur ganz kurz und nur, wenn ihr Körper die Tränen nicht mehr bewältigen kann.

Noch nie hatte Belinda solche Angst, wie in diesen Stunden um Vidal, sie kann kaum klar denken, sie hört ihren Vater mit sich reden, die Ärzte, Santos kommt ins Zimmer, Alejandro, sie gehen wieder, jedes Mal fragt Belinda, was los ist, ob sie Vidal gefunden haben, ob schon jemand das Boot gesehen hat, doch ihre Brüder sagen, dass sie noch nichts gefunden haben.

Sie erklären, dass Benjamin sich diese Stelle nicht umsonst ausgesucht hat, sie liegt direkt an einer Mündung zum offenen Meer, mit der Zeit, die er Vorsprung hatte, kann er somit schon weit auf dem Meer sein, er könnte aber auch in einer der vielen kleinen, versteckten Buchten oder in eine andere Richtung abgedriftet sein. Sie gehen allem gerade nach und Alejandro verspricht ihr, dass sie alles tun werden, um Vidal zu finden.

Als Lia mit ihrem Vater allein ist, fragt dieser Belinda genau aus, wie es dazu gekommen ist, dass Vidal und sie sich näher gekommen sind. Er hatte keine Ahnung, er hat es nicht einmal geahnt, Alejandro hatte eine Vermutung, doch er hat Vidal nicht für so lebensmüde gehalten. Belinda hat keine Kraft, auf die Reaktion ihrer Familie über die Gefühle für Vidal zu achten. Sie sagt ihrem Vater unter Tränen, wie sehr sie ihn liebt und dass er sterben wird, wenn sie ihn nicht finden und das nur wegen ihr.

Belinda kann nicht einschätzen, ob es ihren Vater beschwichtigt, sie sieht bei ihm wie auch bei Santos Wut aufflammen, wenn der Name Vidal fällt, allein Alejandro scheint sich auch wirklich Gedanken wegen Vidal zu machen. Ihr Vater weicht nicht von Belindas Seite, sie spürt langsam, dass die Medikamente und die Bluttransfusion helfen und anschlagen und sobald sie sich wieder ein wenig kräftiger fühlt, will sie nur noch aus dem Krankenhaus heraus.

Gerade als sie deswegen mit ihrem Vater und einem dazu gerufenen Arzt spricht, wird es plötzlich lauter auf dem Flur. »Du bist nicht einmal halb so alt wie ich und stellst dich mir in den Weg? Verschwinde aus meinen Augen ...« Die Tür wird aufgerissen und ein Mann kommt wütend ins Zimmer, hinter ihm zwei Männer ihrer Familia, die gerade die Tür bewacht haben, beide haben gezogene Waffen und richten sie auf den Mann, der sich davon nicht beeindrucken lässt.

»Du weißt, dass ich dich dafür umbringen kann?« Offenbar kennen sich Belindas Vater und der Mann, Belinda richtet sich im Bett auf, um besser sehen zu können, während ihr Vater unbeeindruckt zu dem Mann sieht. Plötzlich rumort es in Belinda und ihr steigen erneut Tränen in die Augen. Sie erkennt die Ähnlichkeit, vor ihr steht Vidals Vater und man sieht ihm an, dass er halb wahnsinnig vor Angst um seinen Sohn ist.

»Das war die eigene Entscheidung deines Sohnes, keiner hat ihn dazu gezwungen. Alejandro wollte es für ihn tun. Wäre ich dabei gewesen, hätte ich es nicht zugelassen, doch ... « Der Mann hebt den Finger und sieht einen winzigen Augenblick zu Belinda. »Es tut mir so leid ...« Belinda kann die Worte kaum aussprechen. »Du hättest es zulassen müssen, um deine Tochter zu retten, vielleicht ist mein Sohn in diesem Moment schon tot und das nur, um dein Fleisch und Blut zu retten. Würde ich nicht durchdrehen aus Sorge um ihn, würde ich ihm eigenhändig den Hals umdrehen, doch ich schwöre dir, Ramiro, das alles hat noch ein Nachspiel.

Ich werde genau herausfinden, wie das alles passiert ist und was mit Vidal ist und dann komme ich wieder zu dir, für jede Träne, die meine Frau jetzt in diesem Moment verliert, werdet ihr alle büßen. Zieh sofort deine Männer zurück, wir brauchen ihre Hilfe nicht bei der Suche nach Vidal, die Waffenruhe gilt nicht mehr, sollte einer auf unser Gebiet kommen, ist es vorbei und sobald klar ist, was mit Vidal ist, werde ich die Cinco Sombras endgültig vernichten, so wie es schon längst hätte passieren sollen!«

Belinda kann nicht einmal ihren Mund richtig schließen, so geschockt ist sie.

Vidals Vater kocht vor Wut und Verzweiflung, verständlicherweise, doch seine Worte meinte er absolut ernst, er hat gerade wieder einen neuen Krieg zwischen den Familias ausgerufen, jetzt, wo sie alle Vidal suchen müssen, das darf er nicht … »Nein, warten Sie, ich ...« Belindas Vater hält Belinda am Arm fest, als diese sich aus dem Bett bewegen möchte, als sich Vidals Vater umdreht und das Zimmer so wütend verlässt, wie er es betreten hat. »Komm nicht auf die Idee, zu diesem Mann Kontakt zu suchen, Belinda.« Ihr Vater zieht sein Handy aus der Tasche.

»Gonzales war hier, der Krieg beginnt, zieht unsere Männer zurück, schützt die Grenzen komplett und niemand darf in die Nähe von Belinda kommen, falls sie auf die Idee kommen, Vidal so zu rächen!« Belinda sieht ihrem Vater in die Augen, er wird mit Ignacio oder Rehan telefonieren. Der Arzt steht geschockt in einer Ecke und hält sich panisch an seinem Klemmbrett fest. Ihr Vater beendet das Gespräch, zieht seine Waffe und sieht zum Arzt. »Ich nehme meine Tochter mit nach Hause. Sie wird dort weiterbehandelt.« Der Arzt nickt nur. »Ich werde heute Abend sofort unseren Chefarzt persönlich zu Ihnen schicken.«

Belinda ist nicht in der Lage, all das zu erfassen, die Angst um Vidal schnürt ihr die Brust ab, doch trotzdem ahnt sie, was gerade losgetreten wurde. »Papa, nein! Du musst mit Vidals Vater reden. Vidal und ich lieben uns. Das darf keinen neuen Krieg heraufbeschwören. Wir müssen zusammen nach Vidal suchen, sonst hat Benjamin wieder genau das erreicht, was er will. Die Familias sind so miteinander beschäftigt, dass er am Ende gewinnt.«

Der Arzt löst Belinda von allen Kabeln und ihr Vater hilft ihr aus dem Bett. »Belinda, wäre es andersherum, wäre dir etwas wegen Vidal passiert, würde er nicht mehr atmen. Was habt ihr beide euch gedacht, was ihr damit verursachen werdet? Du verstehst all das noch nicht so wirklich, Belinda, aber Vidal wusste genau, was er entfacht, wenn er sich auf dich einlässt. Ich halte ihm zugute, dass er es am Anfang nicht wusste wer du bist, dass er dich vor uns kennengelernt hat, doch spätestens als er wusste, wer du bist, hätte er es sein lassen müssen! Er hat sein Leben für deines gegeben und dafür werde ich für immer in seiner Schuld stehen, doch das ändert nichts an der Tatsche, dass nun der alte Krieg wieder da ist ...«

Belinda kann sich kaum aufrecht halten. »Papa, rede nicht so, als wäre er schon TOT! Glaube mir, Vidal hat probiert, Abstand zu nehmen, doch unsere Gefühle sind schon zu stark gewesen, denkst du nicht, er hätte es sonst getan? Du sagst doch, du hast meine Mutter so sehr geliebt ... du musst das doch verstehen ... Wir dürfen nicht aufhören, nach ihm zu suchen, wir alle müssen ...«

Belinda kann kaum sprechen, sie fühlt sich ohnmächtig, sie spürt, dass nun alles komplett entgleitet und alles, was sie vor Augen hat, ist Vidals Gesicht, sein Blick, als er ihr in die Augen gesehen und sie das letzte Mal geküsst hat. Ihr Vater baut sich vor Belinda auf und nimmt sie in die Arme. Auch wenn Belinda zu verzweifelt ist, um klar denken zu können, beruhigt sie diese Nähe augenblicklich und sie legt ihren Kopf an seine Brust.

»Engel, ich sage nicht, dass ich dir einen Vorwurf mache. Ich liebe dich über alles und kann nicht einmal Vidal einen Vorwurf machen, wie sollte er dich nicht lieben? Doch das ändert nichts daran, dass nun wieder Krieg herrscht. Du musst jetzt erst einmal mit mir kommen und deinen Brüdern und mir vertrauen, wir wissen, was wir jetzt tun müssen. Unsere Männer können auf unserem Gebiet weiter nach dem Schiff suchen, wenn dir das so viel bedeutet. Bevor irgendetwas passiert, müssen wir alle jetzt erst einmal herausfinden, was mit Vidal passiert ist, solange aber lassen wir dich nicht aus den Augen, hörst du? Komm jetzt, hier ist es nicht mehr sicher.«

Belinda bleibt nichts anderes übrig, sie folgt ihrem Vater, sie weiß, dass sie mit Alejandro sprechen muss, er ist der Einzige, der ihr vielleicht hilft, weiter nach Vidal zu suchen.

Roman hat sehr schlecht geschlafen, er hat das Gefühl, irgendetwas stimmt nicht und als er auf das Handy blickt und die Anrufe von Santos sieht, ahnt er, dass es Neuigkeiten gibt. Noch im Bett ruft er seinen Cousin zurück und hört sich alles genau an. Benjamin hat wieder zugeschlagen und als Roman die grausamen Einzelheiten erfährt, muss er sich zurücklehnen und schließt die Augen.

Wie kann es sein, dass ein einzelner Mann zu so etwas fähig ist?

Wie kann er sie alle so eine lange Zeit manipulieren? Roman flucht leise, jetzt hat er auch noch seine Cousine Belinda erwischt. Als Santos ihm von dem komischen Austausch mit Vidal erzählt, dreht sich Romans Magen um. Wie kann Belinda heimlich mit Vidal zusammen gewesen sein? Was zur Hölle stimmt momentan mit ihrer Familia nicht, dass sie auch so rein gar nichts mehr mitbekommen? Wie kann Vidal sich wagen, an eine ihrer Frauen heranzutreten?

Roman muss automatisch an Alena und Elian denken, er hätte sich die ganze Zeit übergeben können, als seine Schwester darauf bestanden hat, dass der Bruder von Vidal bei ihr bleibt, wenn er sich vorstellt, dass Elian sich an Alena herangemacht hätte, würde dieser jetzt schon nicht mehr atmen. Es ist ihm egal, auch wenn sie alle ihm zu Dank verpflichtet sind, weil er Alena da herausgeholt hat, auch diese Dankbarkeit hat Grenzen und die Puentes-Brüder überschreiten diese Grenze offenbar gerne.

Roman sagt, dass er sofort zurückkommen will, Santos hat schon den Flieger mit neuen Männern losgeschickt, die Wachen hier werden verdoppelt und Roman fliegt zurück. Als er auflegt, kommt gerade Alena zurück ins Zimmer, sicherlich war sie bei einer ihrer

Therapien. Langsam erkennt man die alte Alena wieder, besonders jetzt in dem winzigen Moment, als sie Roman anlächelt.

Roman kann kaum beschreiben, wie sehr er seine jüngere Schwester liebt, schon immer war sie seine kleine Prinzessin und sie so gebrochen zu sehen, hat ihn wirklich um den Verstand gebracht. Roman weiß, dass er allein Alejandro und seinen anderen Cousins zu verdanken hat, dass er nicht komplett durchgedreht ist, auch jetzt fällt es ihm noch schwer, seine Schwester so zu sehen. Von der selbstbewussten, frechen Alena ist nicht mehr viel da, auch seine Mutter ist zur Zeit nur noch ein Schatten ihrer selbst, doch jetzt in diesem Augenblick erkennt Roman seine alte Alena wieder.

Die kurzen Locken stehen Alena sogar richtig gut, ihre grünen Augen sehen ihn neugierig an, nicht mehr so funkelnd und lebhaft wie früher, doch auch nicht mehr so kalt wie die letzten Wochen. Sie hat langsam ihre alte Hautfarbe wieder, das blasse verschwindet und sie hat sogar leicht gerötete Wangen, vielleicht durch die Kälte, doch sie wirkt wieder lebendiger.

Leider hält das alles nur kurz, dann ändert sich ihr Gesichtsausdruck. »Was ist passiert?« Roman steht auf, er wird ihr nichts davon erzählen, was Benjamin mit Belinda gemacht hat, das Letzte, was Alena braucht, sind irgendwelche Neuigkeiten zu Benjamin. Er will seine Schwester auch nicht belügen, doch er muss ihre Heilung beschützen.

»Es ist herausgekommen, dass Vidal sich an Belinda herangemacht hat, es sind ein paar Dinge vorgefallen und die Waffenruhe ist aufgehoben. Wir kümmern uns darum, hier seid ihr momentan am sichersten. Es kommen mehr Männer und ich muss zurück.« Alena verschränkt die Arme vor der Brust. Sie kennt es, sie weiß, was es bedeutet, wenn die Spannungen zwischen den Familias wieder stärker werden. Es ist nicht das erste Mal, Roman muss nicht erwähnen, wie schlimm es dieses Mal ist.

»Belinda und Vidal lieben sich, deswegen kann man doch keinen Krieg ausrufen, ich meine, wir leben nicht im wilden Westen.

Außerdem solltet ihr auch nicht vergessen, was Elian … « Roman hebt seine Hand. »Du wusstest also davon? Wir wissen, was mit Elian ist, doch unsere Dankbarkeit hat auch Grenzen. Vidal kennt die Regeln, er hätte einen weiten Bogen um Belinda machen müssen. Eine unserer Frauen mit einem der Puentes? Nicht solange wir alle noch atmen.«

Roman erwähnt nicht, dass alle von Vidals Tod ausgehen, Santos hat ihm gesagt, dass die Chance, dass Vidal es geschafft hat, mit jeder Stunde weniger wird, Roman ist das egal, ein Puentes weniger, selbst wenn er sich für Belinda geopfert hat, wird er keinem seiner Feinde nachtrauern.

»Ihr seid so …« Ihre Mutter kommt ins Zimmer und Roman sieht sofort, dass sie die ganze Wahrheit kennt, Ramiro, Rehan oder Ignacio werden sie informiert haben. »Mama, weißt du was …« Roman greift ein. »Mama weiß von der Beziehung von Vidal und Belinda und den neuen … Spannungen. Ich muss los.« Roman gibt Alena einen Kuss, man sieht ihr an, wie sauer und wütend sie über diese Neuigkeiten ist, doch je mehr Gefühle sie zeigt, umso besser. Es ist zumindest viel besser als diese Leere, die die Zeit davor in ihr geherrscht hat, der Ort hier tut ihr wirklich gut.

Roman geht danach direkt zu seiner Mutter und gibt auch ihr einen Kuss auf die Wange. »Erzähle ihr nicht mehr, sie sollte nicht mit alldem belastet werden.« Er flüstert ihr die Worte ins Ohr und seine Mutter umarmt ihn und nickt. »Pass auf dich auf und findet dieses Monster endlich!«

Nichts anderes hat Roman vor, er schnappt sich die Sachen, die er für Puerto Rico braucht, alles andere lässt er hier, er wird eh bald wieder herkommen. Als er danach auf den Flur geht, läuft er fast in Emilia hinein. Sie sieht müde aus. »Wohin so eilig?« Roman sieht in die braunen Mandelaugen und fragt sich erneut, was für eine Haarfarbe Emilia wohl hat, er wird immer neugieriger, ihr Gesicht ist wirklich besonders schön, es hat eine Feinheit, die er noch nie zuvor gesehen hat.

»Ich muss zurück nach Puerto Rico, es ist … dringend. Weißt du, wo Petro ist?« Emilia zieht ihre Nase kraus, viele kleine Fältchen bilden sich um ihre kleine Stupsnase und ihre Augen bohren sich in seine. »Ja, er ist in seinem Zimmer, ich bin gestern irgendwann eingeschlafen, er ist glaube ich erst vor einer Stunde gekommen. Ist etwas passiert?«

Roman hebt die Augenbrauen, Petro hatte halt einiges nachzuholen. Er weicht Emilias Blick aus. »Es gibt ein paar Komplikationen … nichts, womit wir nicht fertig werden. Euer Schutz hier wird verstärkt und Petro und ich kommen auch bald wieder.« Emilia legt ihren Kopf ein wenig schief und sieht ihn traurig an. »Benjamin … er hat wieder etwas getan …« Es ist keine Frage, es ist eine Feststellung. »Wir werden ihn stoppen.«

Nun ist es Emilia, die seinem Blick ausweicht. »Ich kenne Benjamin von klein auf, er hat mich versucht zu töten und ich habe Dinge von ihm gesehen und erlebt, die man nicht einmal aussprechen sollte. Er ist nicht zu stoppen, niemals!« Roman erkennt, dass Emilia Angst vor Benjamin hat, was verständlich ist, wer weiß, was sie mit diesem Wahnsinnigen alles erlebt hat, wenn er wieder hier ist, wird er sie genauer dazu befragen, doch jetzt muss er erst einmal los.

»Du kennst ihn, aber uns nicht, wir werden ihn stoppen, wir sehen uns, Emilia.«

Mit diesen Worten steckt sich Roman seine Waffe ein und geht zu Petros Zimmer, er zieht seine Ersatzwaffe aus seiner Reisetasche, bevor er klopft. Roman hat keinen Zweifel daran, dass der Spuk mit Benjamin bald vorbei ist.

Roman hört nichts und öffnet die Tür. Petro kommt gerade aus seinem Badbereich, er trägt nur eine Boxershorts und sieht verwundert zu Roman. Roman hat schon gesehen, dass Petro ähnlich gut in Form ist wie sie alle, doch nun hat er den Beweis. »Zieh dich an, unsere Familia braucht uns.« Er wirft Petro die Waffe zu. »Ich muss hier bei Emilia und Alena bleiben.« Roman zieht sich die

Winterjacke über, er kann es nicht erwarten, sie im Flieger wieder gegen ein einfaches Shirt zu tauschen.

»Es kommen noch ein paar mehr Männer, die hier Wache halten, sie sind hier sicher. Benjamin hat sich dieses Mal deine Cousine geschnappt, sie ist wieder frei, dafür musste ein anderer Mann sterben, wenn du wirklich etwas für die Sicherheit von Alena und Emilia tun willst, musst du mit uns zusammen Benjamin schnappen, nur hier herumzusitzen und die Frauen zu beobachten, wie sie von Therapiestunde zu Therapiestunde laufen, hilft da nicht viel.«

Petro sieht ihm in die Augen, er scheint noch nicht ganz überzeugt zu sein. »Außerdem musst du Emilia auch ein wenig lassen, du kannst sie nicht dein Leben lang an der Hand führen. Eure Leben werden sich früher oder später trennen, fang lieber schon mal an, dich daran zu gewöhnen.« Petro sieht auf die Waffe, er zieht sich eine Jeans über, ein Shirt und dann einen Pullover. Roman sieht dabei auf sein Handy, als sich Petro die Waffe etwas unbeholfen in den Hosenbund steckt, sieht er wieder auf.

»Ich werde Emilias Hand nie loslassen, aber du hast recht, ich werde euch helfen, Benjamin zu schnappen, er muss für all das, was er getan hat, büßen und niemand kennt ihn so gut wie wir.« Roman steckt sein Handy weg, sie müssen los. »Von mir aus halte ihre Hand, das bedeutet aber nicht, dass du nicht automatisch auch mit deiner richtigen Familie sein kannst, also komm.«

Noch einmal stockt Petro. »Die Frau von gestern … ich muss sie anrufen, wir wollten uns heute nochmal treffen.« Roman stockt auch und dreht sich zu seinem jüngeren Bruder um. »Hattest du gestern Spaß mit ihr?« Petros Wangen färben sich leicht rot und er sieht weg. »Ähmm … ja, was hat das …« Roman hebt die Hände. »Was willst du dann noch? Noch einmal wird das nicht so einen Spaß machen, such dir die nächste, du musst noch einiges lernen. Also los, komm jetzt!«

»Du sollst Alena zurückrufen, ich habe ihr gesagt, dass du schläfst.« Alejandro sieht Belinda in die Augen. Sie hat geduscht, es hat gutgetan und sich angefühlt, als würde sie all den Dreck der letzten Tage loswerden. Doch schnell hat Belinda Atemnot bekommen, sobald ihre Gedanken wieder verzweifelt versucht haben, eine Idee zu bekommen, wie sie an Benjamin und Vidal herankommen können.

Da hat sie sich auch das erste Mal im Spiegel gesehen, die Platzwunde unter ihrem Auge, die vielen Flecken und Kratzer, doch all das ist ihr egal. Belinda hat sich in ihr Bett gelegt, sie spürt, dass ihr die Medikamente und die Bluttransfusion ein wenig mehr Kraft gegeben haben, der Arzt soll noch einmal kommen und danach wird sie sich auf die Suche machen.

Die ganze Zeit sind Leute bei ihr ein- und ausgegangen. Ponce, Santos, ihr Vater, Levi, irgendwann kam Alejandro und seitdem ist Ruhe. Er sitzt bei ihr am Bett und Belinda hat ihn beschworen, Vidal zu finden, bevor ein Anruf sie unterbrochen hat.

»Als er sich gegen dich austauschen lassen hat, habe ich ihm gesagt, dass ich wünschte, ich wäre an seiner Stelle und gleichzeitig, dass ich ihm verzeihe, dass das zwischen euch beiden passiert ist und dass ich, sobald du in Sicherheit bist, nach Benjamin suchen werde. Das werde ich auch tun, Belinda, und ich sage dir, sobald es etwas Neues wegen Vidal gibt, das bedeutet aber nicht, dass sich dieser Krieg aufhalten lässt und ehrlich gesagt ist das auch völlig nebensächlich. Meine Konzentration liegt jetzt darauf, Benjamin zu finden, sofort, es reicht!«

Belinda nickt. »Wenn du Benjamin findest, findest du auch Vidal, schwöre mir, dass du mir sofort Bescheid sagst, sobald es etwas Neues gibt.« Die Tür geht auf und Santos kommt herein, er nickt zu Alejandro und ihr ältester Bruder steht auf. »Wir fahren, ruh dich aus. Ich melde mich, versprochen! Er ist alleine gegen uns alle, er wird nicht weit kommen.« Belinda hebt sich mit aller Kraft aus dem Bett hoch. Bis jetzt ist sie noch nicht einmal richtig dazu gekommen, alles zu erzählen, was sie weiß.

»Benjamin ist nicht alleine! Er hat ständig telefoniert und es waren mindestens zwei verschiedene Leute auf dem Boot und haben Sachen gebracht. Er arbeitet nicht alleine!«

Kapitel 7

Lilly geht genervt aus der Gepäckkontrolle. Sie kann nicht glauben, wie die puertoricanischen Beamten das Gepäck aller Reisenden, die aus Europa kommen, durchwühlen. Das ist ihr schon aufgefallen, als sie aus Frankreich hergeflogen ist, als würden die Europäer vorhaben, sich Puerto Rico gewaltsam zu ihrem Besitztum zu machen, oder was auch immer die Beamten dazu bewegt, wirklich jeden Einzelnen hier zu kontrollieren.

Lilly hätte es einfacher haben können, sie hätte nur Santos Bescheid geben müssen, doch sie hat beschlossen, das nicht zu tun, nicht nachdem er sich gemeldet und erklärt hat, dass hier gerade wieder die Hölle ausgebrochen ist und Lilly noch ein paar Tage in Italien warten soll, er würde nachkommen und sie verbringen dort irgendwo Zeit zusammen. Lilly hat nicht auf ihn gehört, sondern den nächsten Flieger genommen und sich auf den Weg gemacht, so bringt das alles nichts.

Santos und sie sind kein Paar mehr, sie finden gerade wieder zusammen, Santos behandelt Lilly noch wie ein rohes Ei, und weil Lilly ihn so gut kennt und er nie der einfühlsamste Mensch war, schätzt sie das gerade sehr und findet seine Bemühungen unglaublich niedlich, doch er sollte auch nicht vergessen, wer sie ist und dass sie mit mehr umgehen kann, als Santos es ihr zutraut.

Sie hat nun Semesterferien und wollte diese nutzen, um hier mit Santos zu prüfen, ob all das, was sie mal hatten, noch da ist, ob es sich lohnt, noch einmal auf diese Liebe zu bauen, ob da überhaupt noch genug ist, worauf man bauen kann und vor allem, ob Lilly Santos vertrauen kann, dass er sich wirklich ändert. Doch das kann sie nur hier, hier in Puerto Rico, nicht, wenn sie zusammen Urlaub in Italien machen, sie muss es hier prüfen, in Santos' Leben, das sie so gut kennt und das ihr doch auch wieder ein wenig fremd geworden ist.

Lilly verlässt das Flughafengelände und ruft sich ein Taxi. Sie weiß, dass Taxifahrer nicht gerne zu den Cuidads fahren, deswegen nennt sie die nächste Kirche, die in der Nähe der Cuidad ist und von der sie nur noch ein paar Minuten bis zu Santos braucht. Als sie durch San Juan fahren, hält Lilly schon ein wenig Ausschau, Santos hat nichts Genaues gesagt, er hat ihr erklärt, dass er ihr alles in Ruhe erzählen wird, wenn er bei ihr ist, doch Lilly hat sich eingebildet, an seiner Stimme erkannt zu haben, dass hier gerade wirklich einiges vor sich geht, doch als sie sich jetzt hier in dem neutralen Gebiet umsieht, kann sie nichts außergewöhnliches erkennen.

San Juan ist quasi wie eine kleine, runde neutrale Festung mit Hafen. Aus San Juan führen zwölf große Straßen heraus, alle anderen Wege, kleine Straßen und vieles andere wurden schon vor vielen Jahren abgesperrt. Es gibt diese zwölf Straßen, sechs davon führen ins Gebiet der Puentes, sechs in das Gebiet der Cinco Sombras. Diese Grenzen gelten allerdings nur für die Familias, alle anderen Menschen können sich überall in Puerto Rico frei bewegen, die Gebiete werden von den Familias bewacht, doch wenn man kein Mitglied der anderen Familia ist, hat man nichts zu befürchten.

Überall in diesen Gebieten gibt es Mitglieder der Familia und es würde kein Puentes auf das Gebiet der Sombras gelangen, ohne aufzufallen und umgekehrt auch nicht, doch als der Taxifahrer jetzt zu einer der sechs Straßen fährt, die in das Sombras-Gebiet führen, traut Lilly ihren Augen nicht.

Sie sieht sich zu der nächsten Straße um, die sie von hier auch noch erkennen kann und würde am liebsten losfluchen. Das ist doch nicht wahr. »Seit wann werden die Straßen wieder bewacht?« Der Taxifahrer sieht Lilly verwundert durch den Rückspiegel an, natürlich hat er nicht damit gerechnet, dass sie sich mit den Familias auskennt und weiß, dass diese Wachen schon lange nicht mehr hier waren.

Früher in den ganz schlimmen Zeiten des Krieges beider Familias wurden die gesamten Straßenausfahren streng bewacht, doch mit den Vereinbarungen zur Waffenruhe hat sich das entspannt und nur die Cuidad rund um die engere Familia wird richtig streng bewacht, alles andere wird zwar auch bewacht, aber nicht so streng, wie es jetzt wieder der Fall zu sein scheint.

»Das ist seit gestern wieder, die Leute reden viel, wissen Sie. Ich habe gehört, dass es schlimmer als jemals zuvor um die Ruhe in Puerto Rico steht. Angeblich wollte der Präsident mit den beiden Familias sprechen, nachdem er das mitbekommen hat und er soll von beiden nur gehört haben, wenn er sich einmischt, sind seine letzten Stunden gezählt.«

Sie fahren an den Wachen vorbei, ein Mann, den Lilly nicht kennt, blickt zu ihnen ins Auto. Sie kennt wirklich viele und ist froh, dass dieser Mann neu sein muss, sie möchte sich erst einmal allein einen Eindruck verschaffen, bevor sie Santos sieht. Der Mann winkt sie durch und Lilly lehnt sich zurück und sieht durch den Rückspiegel den alten Mann an.

»Wirklich? So schlimm? Was sagen denn die Leute, was passiert ist, dass die Familias die Waffenruhe offenbar beendet haben?« Lilly sieht, dass der alte Mann seine Stirn in Sorgenfalten legt. Auch wenn viele Menschen in Puerto Rico ihr Leben lang nie etwas mit den Familias zu tun haben müssen, weiß doch jeder, dass sich das Verhalten und die Geschehnisse in den Familias auch immer auf alle Menschen in Puerto Rico auswirken können, besonders in den wichtigen Städten.

»Ich habe gehört ... also, es ist natürlich nur ein Gerücht ... ich kann es kaum aussprechen, ich bete, dass es nicht der Fall ist, aber man sagt, dass der Sohn Gonzales, einer der Anführer der Puentes, Vidal, getötet wurde und dass wegen einem der Anführer der Sombras. Gonzales und sein Sohn Elian haben Rache geschworen und jetzt warten alle darauf, dass die Luft, die eh schon vor geladenen Funken sprüht, entzündet wird und alle sind sich einig, dass es dieses Mal einen Brand geben wird, den niemand wieder löschen kann.«

Lilly merkt erst jetzt, dass sie vor Schrecken ihren Mund geöffnet hat. Vidal ist tot? Einer von den Anführern war es, Alejandro, Santos oder Ponce? Sie weiß sofort, dass, sollte sich all das bewahrheiten, es noch viel schlimmer steht, als der alte Mann ahnt. Sie schluckt schwer. »Beten wir, dass das nicht stimmt.« Der Mann kennt sich gut aus, die Straßen sind leer und eine ganze Weile schweigen sie beide, Lilly sieht aus dem Fenster, auf die Straßen, die sie so sehr liebt.

Sie weiß aus Erzählungen, wie schlimm der Krieg damals war, sie selbst hat ihn nie richtig miterlebt, sie kennt Puerto Rico nur in Zeiten des Waffenstillstandes beider Familias, doch wenn nur die Hälfte der Geschichten um diese Zeit stimmt, kann es sehr grausam werden, sie muss unbedingt mit Santos sprechen.

Der Taxifahrer hält vor der Kirche und Lilly ist schon ganz zappelig. Sie sieht, dass hier bereits die ersten Wachen für die Cuidad stehen und erinnert sich, dass die Sicherheitskreise weiter gezogen wurden, nun wird all das sicherlich nochmal verstärkt werden. Sie erkennt einen der Männer, die dort Wache halten und atmet tief ein, während sie den Taxifahrer bezahlt.

»Wissen Sie, manche sagen auch, dass es vielleicht gut ist, vielleicht wird es Zeit, dass es nicht mehr zwei mächtige Familias gibt, sondern dass es nur noch eine gibt und die andere … aufgibt. Vielleicht ist Puerto Rico zu klein für zwei Familias. Vielleicht muss dieser Krieg sein.« Lilly gibt dem Mann das Geld und schüttelt den Kopf. »Nein, so weit wird es nicht kommen.«

Sie steigt aus und wartet, bis der Taxifahrer gewendet hat und zurückfährt, dann erst überquert sie die viel befahrene Straße mit ihrem Koffer und der Reisetasche und geht direkt auf die Wachen zu, die sie da erst bemerken. Sie kennt einen der Männer, doch sie haben noch nie viel miteinander geredet, er gehört eher zu den weiteren Kreisen. Lilly will etwas sagen, doch er ist schneller. »… du gehörst zu Santos, oder?«

Auch wenn Lilly gerade Sachen gehört hat, die ihr Herz noch immer unruhig schlagen lassen, muss sie bei seinen Worten ein wenig lächeln. »Ja, kannst du ihm Bescheid geben, dass Lilly da ist?«

Elian kann nicht zu seinem Vater sehen, während sie zum Strand-abschnitt fahren, an dem ihre Leute etwas gefunden haben. Sie sind mit dem Hubschrauber geflogen, da sich der Strandabschnitt nicht nur am Ende ihres Gebietes, sondern auch am Ende von Puerto Rico befindet und sie sonst zu lange gebraucht hätten.

Sie konnten nur auf dem Dach eines ihrer Büros in der nächsten Stadt landen und sind nun noch einmal einige Minuten mit dem Jeep unterwegs. Die Männer hier bekommen sie eher selten zu Gesicht und sind dementsprechend nervös, doch weder Elian noch sein Vater achten auf all das.

Beide wissen genau, dass es nichts Gutes zu bedeuten hat, dass man ihnen am Telefon keine genauen Details sagen wollte, nie-mand hat sich getraut, sie haben nur gesagt, dass sie unbedingt kommen sollen, sie haben etwas gefunden.

Elian hat seit gestern, seit Vidal zu dem kranken Psychopathen aufs Schiff gegangen ist, nicht mehr geschlafen und auch nichts mehr gegessen. Bestände seine Mutter nicht darauf, würde er auch nicht daran denken zu trinken, doch seine Mutter, die er noch nie so verzweifelt wie zur Zeit gesehen hat, ermahnt ihn ständig, einen kühlen Kopf zu bewahren, sie alle wollen nichts anderes, als Vidal zu finden.

Niemand, keiner von ihnen lässt den Gedanken zu, dass sie zu spät kommen könnten, dass Vidal es nicht geschafft hat, irgendwie von da wegzukommen, doch tief in Elian brennt das Wissen, dass Vidal kaum eine Chance hat. Nicht bei Benjamin, dieser Mann weiß, was er tut, egal wie krank er ist, er wird genau geplant haben, was er mit Vidal machen wird und dass er dabei einen Fehler macht, ist so gut wie ausgeschlossen, im Gegensatz zu ihnen hatte er genug Zeit zum Planen.

»Da vorne ist es!« Sie halten auf einer kleinen ruhigen Landstraße, Möwen fliegen über ihre Köpfe sobald sie aussteigen, und man sieht das Meer. Durch einige Palmen hindurch erkennen sie weitere Männer und ein älteres Ehepaar, als Elian mit seinem Vater auf den Strand zu ihnen tritt, verstummen sie alle und sehen zu ihnen.

Elian kennt das, er kennt es, dass die Leute vor Vidal und ihm und auch vor all den anderen engeren Mitgliedern sehr viel Respekt haben, doch er weiß auch, dass dieser Respekt noch einmal sehr viel mehr wird, wenn ihr Vater an ihrer Seite steht. Es ist egal, wie viele Jahre er schon nicht mehr aktiv am Familialeben teilnimmt, so etwas vergeht nie.

Genau jetzt in diesem Moment erinnert ihr Vater ihn so sehr an Vidal, fast ist es, als würde sein älterer Bruder und nicht sein Vater neben ihm stehen. Genau wie Vidal hat sein Vater, sobald er davon erfahren hat, was passiert ist, gehandelt. Nicht eine Sekunde hat er stillgestanden, nicht eine Sekunde eingehalten und den Gedanken zugelassen, dass sie Vidal nicht wieder sehen werden. Die einzigen Male, wo er kurz gezeigt hat, dass auch er verzweifelt ist, war, als Elians Mutter immer wieder zusammengebrochen ist, wenn sie kurz in die Cuidad zurückgekehrt sind und es keine Neuigkeiten gab.

Auch jetzt sieht ihr Vater wütend zu den Männern, während Elian schluckt und auf die Teile blickt, die offenbar vom Meer angespült worden sind. »Was ist hier los?« Die Stimme seines Vaters hallt in Elians Ohren wieder, doch er fixiert die Dinge, die hier angespült wurden und bekommt nur nebenbei mit, was das ältere Ehepaar etwas eingeschüchtert erzählt.

Sie haben ein kleines Haus mit Blick auf das Meer, sie zeigen es ihnen, doch Elian sieht nicht hin, er beugt sich zu den Stücken, die hier am Strand liegen. Es sind ganz klar Teile eines Bootes, auseinandergerissene Wrackstücke, ein paar Klamotten eines Mannes, Wasserflaschen.

Das Ehepaar erzählt, dass sie mitten in der Nacht wach geworden sind, da es einen lauten Knall gegeben hat. Sie haben aus dem Fenster gesehen und ein brennendes Boot entdeckt, es muss explodiert sein. Obwohl das Boot weit draußen auf dem Meer war, hat man die Explosion bis zu ihrem Haus gehört. Sie haben eine Weile auf die Flammen gesehen, das ganze Schiff muss auseinandergerissen worden sein, denn es waren überall Flammen auf dem Meer verteilt und dadurch war das Feuer auch nicht lange zu sehen. Sie konnten aber erkennen, dass auch andere Menschen, die gerade am Strand waren, die Explosion gesehen haben müssen und sich gedacht, dass diese sicherlich schon jemand verständigt haben, obwohl ja da auch nicht viel zu machen sei, so eine Explosion kann niemand überlebt haben und selbst wenn, ist die Strömung nachts zu stark und es gibt zu viele Felsen im Meer, hier geht niemand ins Wasser.

Als sie heute morgen dann nachgesehen haben, lagen diese paar Sachen, angespült von der Strömung, hier, ansonsten keine Spur mehr von irgendetwas und sie sind doch etwas unsicher geworden und haben auf der Polizeiwache angerufen. Erst zeigten die Polizisten kein großes Interesse, doch sie haben gesagt, die Familias suchen gerade nach einem Boot und sie werden jemanden vorbeischicken und ja ... erst kamen die Männer und die haben jetzt Elian und seinen Vater verständigt.

Elian hebt eine schwarze Leggings und ein blutverschmiertes weißes Top einer Frau hoch und könnte sich übergeben, das könnte Belinda gehören, doch er redet sich selbst ein, dass das noch nichts zu sagen hat, kein Beweis für das Boot, auf dem Vidal war. »Was habt ihr noch gefunden?« Er sieht den Männern an, dass das noch nicht alles war.

Sie deutet hinter einen Stein, auf dem auch einige Blätter zum Trocknen hingelegt wurden. Hinter dem Stein liegen Spritzen, Medikamente und Waffen, mehrere Waffen. Elian sieht zu den Zeichnungen und schließt die Augen. Es sind Pläne und Elian erkennt sofort, dass es Pläne von Benjamin sind, er hat schon genug davon im Affenhaus und auch in seinen Verstecken, die sie auftun konnten, gesehen, er erkennt sie sofort.

Auch sein Vater steht jetzt neben ihm, für einen winzigen Moment hat Elian sich nicht mehr unter Kontrolle und reibt sich die Augen, er atmet heftig, als ihn die Erkenntnis mit voller Wucht trifft, dass dies doch das Boot war, auf dem Vidal gefangengehalten wurde.

»Verschwindet hier, alle!« Elian spürt die Hand seines Vaters auf seiner Schulter, er weiß, dass er sich als Anführer mehr im Griff haben muss, doch er weiß, dass er hier auf den Beweis sieht, dass Vidal es nicht geschafft hat.

»Hör zu, Elian, das bedeutet nicht, dass wir ihn verloren haben.« Elian sieht sich zu seinem Vater um, er weiß, dass er Tränen in den Augen hat, doch es ist ihm egal, er hasst sich selbst dafür, es zugelassen zu haben, dass Vidal das tut. »Ich wünschte, ich hätte ihn gestern aufgehalten, ich hätte irgendetwas tun können ...« Nun sieht Elian auch die Tränen in den Augen seines Vaters, der aufs Meer blickt, seine Hand aber auf Elians Schultern lässt.

»Vidal kann niemand von irgendetwas abhalten, nicht einmal ich hätte das geschafft. Wenn er diese Frau liebt, kann ihn niemand davon abhalten. Doch es bedeutet nicht, dass er tot ist, hörst du? Wir finden ihn und gleichzeitig werden wir all das rächen, sein Entschluss, eine Sombras zu retten, bedeutet nicht, dass wir dafür nicht auch Rache nehmen können. Meine Söhne sind nicht dafür geboren, ständig deren Frauen zu retten.«

Einen Moment kommt Elian das Gesicht von Alena vor das innere Auge, doch er kann seinem Vater nicht widersprechen. Auch in ihm schreit alles nach Rache und mittlerweile ist es ihm auch vollkommen egal, wen diese trifft. Er wischt sich die Tränen weg und sieht auf das wilde Meer, atmet tief ein und kehrt mit seinem Vater zu seinen Männern zurück. »Bereiten wir alles vor!«

Lilly sieht Alejandro in die Augen. »Und all das wird nicht aufzuhalten sein?« Santos' ältester Bruder hat sie abgeholt und bringt sie gerade zu Santos ins Haus, Santos ist schon auf dem Weg, natürlich hat sie hier gleich wieder alles aufgewirbelt, doch Lilly ist froh, erst einmal auf Alejandro gestoßen zu sein, er hat ihr alles genau erzählt.

Alejandro kennt Lilly auch von klein auf und weiß, dass sie so einiges wegstecken kann. Alejandro sieht auf sein Handy und dann zu dem Haus seines Vaters, in dem sich Belinda gerade ausruht. »Nein, ich schätze nicht. Keiner von uns geht davon aus, dass Vidal das überlebt hat und während wir alle nun eigentlich in der Schuld der Puentes stehen, wollen die sich natürlich an uns rächen. Es ist gerade sehr gefährlich, mich wundert es, dass Santos dich genau jetzt hergeholt hat.«

Alejandro sieht Lilly in die Augen und sie zieht die Augenbauen hoch. »Na ja ... du kennst mich ja. So ganz genau geholt hat mich Santos nicht, aber ... es ist jetzt auch sicherlich nicht die richtige Zeit für romantischen Italienurlaub.« Alejandro lächelt und nickt. »Habe ich mir fast gedacht, immer noch mein kleiner Wirbelwind. Ich muss langsam los, mal sehen, wie weit sich da draußen schon alles entwickelt hat. Santos wird bestimmt jeden Moment kommen.«

Lilly sieht unsicher zu dem Haus des Vaters von Santos. »Soll ich mal mit Belinda sprechen? Ich kenne sie ja noch nicht so gut, aber ansonsten ist auch niemand mehr hier von den Frauen ...« Alejandro reibt sich die Stirn. »Sie schläft hoffentlich, ich komme gerade von ihr. Vielleicht kannst du später mal bei ihr vorbeischauen, wir alle sind etwas überfordert mit der Situation.« Sie trauert um unseren größten Feind und es fällt uns schwer zu verbergen, dass ... es ist eine merkwürdige Situation.

Lilly sieht wieder zu Alejandro. »Aber vielleicht ist er auch nicht tot und all das löst sich auf, ihr denkt wie immer zu negativ. Ich gehe mal rein, wenn etwas ist oder ich etwas tun kann, sag mir Bescheid.« Alejandro lächelt wieder, in dem Moment bekommt er aber einen Anruf. »Tu mir nur einen Gefallen und bleib in der Cuidad, Santos kommt gleich.« Er nimmt den Anruf an, Lilly nickt noch einmal zu ihm und geht dann ins Haus. Sie hatte eh nichts anderes vor.

Kapitel 8

Lilly atmet tief ein, es riecht so nach …. Freiheit, Santos, Meer, Puerto Rico, Vergangenheit … vielleicht nach zuhause? Lilly weiß es nicht, sie liebt es auf jeden Fall, schließt die Augen und lächelt ein wenig. Sie hatte wirklich nicht damit gerechnet, dass Santos und sie noch einmal zusammenfinden werden.

Lilly sieht sich im Erdgeschoss um, doch hier sieht alles relativ unberührt aus, ein wenig Geschirr steht in der Spüle. Lilly nimmt sich einen Apfel und bringt ihre Tasche ins Schlafzimmer. Hier ist der Geruch am stärksten und Lilly inhaliert ihn zufrieden und sieht, dass Santos offensichtlich hier schläft. Nun wird das Schlafzimmer, das von Anfang an als ihres gedacht war, auch genutzt.

Sie legt ihre Sachen in den Kleiderschrank und geht auf den Balkon, blickt aufs Meer und den Garten und kann noch immer nicht so ganz glauben, dass sie tatsächlich wieder hier ist, zurück in Santos' Leben und dass es sich vor allem wieder so gut anfühlt.

Langsam geht sie zurück ins Schlafzimmer und unter die Dusche, sie hat einen langen Flug hinter sich. Als sie sich danach abtrocknet und ein flauschiges Handtuch umbindet, hört sie die Tür unten zuschlagen.

»Alejandro? Wo steckst du und was gibt es so dringendes?« Lilly muss leise lachen, die Brüder ärgern sich auch jetzt immer noch gegenseitig. Alejandro hat Santos nicht gesagt, dass Lilly da ist, wahrscheinlich hat er ihm einfach nur gesagt, dass er nach Hause kommen soll. Lilly sieht sich im Bad um, sie entdeckt eine silberne Blechdose und lässt sie so auf den Boden fallen, dass Santos es unten gehört haben muss.

Als sie ein Fluchen und seine Schritte auf der Treppe hört, muss sie sich zusammennehmen, nicht zu lachen und stellt sich genau in die Mitte des Raumes, schnell öffnet sie ihren Zopf, lässt ihre Haare an ihrem Rücken entlang fallen und steckt sich das Handtuch nur sehr locker fest.

Genau in dem Moment öffnet Santos die Tür und stockt bei Lillys Anblick, während sie ihm am liebsten sofort um den Hals fallen würde, es ist nur eine Millisekunde und sie weiß sofort wieder, wie sehr sie diesen Mann liebt.

Lilly saugt alles auf, seine braunen frischgeschnittenen Haare, die dunklen Augen, die überrascht auf ihr liegen, seine goldbraune Haut, die Muskeln, sein hübsches Gesicht, sein Cinco Sombras-Schriftzug am Arm, sie liebt alles an ihm. Er trägt eine Jeansshorts und ein weißes Shirt, Lilly sieht ihm in die Augen und ihr Magen zieht sich sehnsüchtig zusammen.

»Lilly … was …?« Lilly kann nicht anders, sie hat schon viel zu lange gegen die Liebe gekämpft, die sie für Santos empfindet, um das jetzt weiter aufrechtzuerhalten. Sie überbrückt die letzten zwei Schritte und sofort empfangen Santos' Arme sie. »Wie bist du hergekommen, mein Engel?« Santos küsst Lillys Scheitel und drückt sie fest an sich. Lilly schließt die Augen, es ist verrückt, wie sehr man einen Menschen lieben kann.

Mit geschlossenen Augen und allein ihr Herz fühlend, genießt sie diesen Augenblick, dann entfernt sie sich so von Santos, dass sie ihm in die Augen sehen kann, er lässt sie aber nicht los. »Ich bin hergeflogen und nun weiß ich alles, was passiert ist. Wenn du wirklich möchtest, dass das zwischen uns wieder funktioniert, musst du mich an allem teilhaben lassen, Santos. Mich erschreckt das doch nicht. Ich war lange genug ein Teil davon.«

Santos lächelt und Lillys Herz hüpft vor Freude, sie liebt sein Lächeln. »Ja, aber ich möchte einfach nicht, dass dir etwas passiert, das ist alles. Es ist momentan …« Lilly unterbricht ihn. »Ich weiß, Alejandro hat mir alles erzählt, im Gegensatz zu dir hat er mich immer als ein Teil von allem gesehen.« Lilly legt ihren Kopf schief und Santos kommt ihrem Gesicht ein wenig näher. Seine Arme umfassen sie stärker und eine Hand wandert langsam in Richtung ihres Pos, der aber noch vom Handtuch verdeckt ist.

»Ich sehe dich auch als ein sehr großes Teil von allem an, nur dass man dich vor allen Gefahren schützen muss.« Lilly lacht leise.

»Muss man nicht. Ich hoffe, dass sich das alles klärt und kein Krieg ausbricht und ...« Santos schüttelt den Kopf. »Vidal ist sehr wahrscheinlich tot, es mag sein, dass er meine Schwester dadurch gerettet hat, und das werde ich ihm nie vergessen, doch wenn rausgekommen wäre, dass er etwas mit ihr gehabt hat – und das wäre irgendwann rausgekommen – hätte er eh nicht lange gelebt.«

Lilly sieht Santos mahnend an, doch er meint seine Worte ernst, das sieht sie auch. »Ich denke, es ist besser, dass all das jetzt langsam ein Ende findet, es ist wahrscheinlich nicht so schlecht, dass dieser Krieg jetzt wieder neu entfacht wird. Vielleicht ist all der Scheiß die letzten Monate nur passiert, weil dieser Krieg nie ganz beendet wurde und ich bin dafür, dass man das jetzt macht, irgendwann wäre es sowieso dazu gekommen. Ich werde dich heiraten, Engel, und wir werden viele Kinder bekommen und ich möchte, dass die nicht mit den Puentes im Nacken groß werden.«

Auch wenn Santos' Worte hart und ernst gemeint waren, kann Lilly nicht anders und muss darüber lächeln. »Wir werden unsere Kinder auch so gut groß bekommen, dafür müssen keine anderen Menschen sterben, aber es ist schön, dass du schon so weit planst.« Santos überbrückt die letzten Millimeter und als seine Lippen langsam ihre Wange liebkosen, bildet sich bei Lilly am Rücken eine Gänsehaut.

»Ich plane nicht, so wird es sein.« Lilly wird ernst. »Wir haben die nächsten Wochen Zeit, herauszufinden, ob all das wieder klappt.« Lillys Stimme ist leiser, sie freut sich auf ihre gemeinsame Zeit. Santos' Lippen machen sie wahnsinnig, er liebkost ihre Wangen und streift nur leicht ihre Lippen. »Ich denke nicht, dass du Puerto Rico noch einmal verlassen wirst ...«

Endlich vereint er ihre Lippen, Lilly umfasst mit ihren Armen sofort Santos' Nacken und schmiegt sich enger an ihn, sie hat ihn in den paar Tagen sehr vermisst. »Du hast mir gefehlt.« Lillys Stimme ist kaum mehr als ein leises Flüstern, sobald sie sich kurz trennen, um Luft zu holen, gefolgt von einem lauten Aufseufzen, als

Santos das Handtuch entfernt und ihren Po umfasst und sie an den Waschtisch drängt.

Er zieht sich das Shirt aus und küsst sie fordernd. »Du mir auch, ich weiß nicht mehr, wie ich die letzten Jahre ohne das leben konnte.« Bevor Lilly die Augen schließt und diese Nähe wieder vollkommen genießt, bemerkt Lilly etwas auf Santos' Brust. Dort, wo schon immer ein 'L' stand, steht nun 'Liliana', ihr voller Name und darunter klein 'para siempre'. Für immer.

Lilly hält ein und streicht mit ihrem Finger darüber, auch Santos stoppt und hebt ihr Kinn so, dass sie ihm in die Augen sehen kann. »Es gibt keine halben Sachen mehr, mein Engel, ich liebe dich.« Sie lächelt und sieht ihm in die Augen, bevor er sich wieder mit seinen Lippen nähert.

»Ich dich auch.«

Er stupst sie liebevoll mit seiner Nase an.

»Willkommen zuhause!«

Dann endlich finden ihre Lippen wieder zusammen und Lilly spürt, dass seine Worte wahr sind, sie ist endlich wieder zuhause.

Belinda sieht Vidal in die Augen. Noch nie haben sie so dunkel und gefährlich auf ihr gelegen wie in diesem Moment. Belinda kann nicht anders, sie hebt ihre Hände und umfasst sein Gesicht. Vidal schließt seine Augen und küsst ihre Handinnenfläche. »Hast du Schmerzen?« Vidal sieht ihr wieder in die Augen. »Ich liebe dich, Belinda.«

Belinda weiß, wie sehr sie sich diese Worte gewünscht hat, nun kommt es ihr so dumm vor. Sie stehen unter der Dusche, genau wie beim letzten Mal, als sie bei ihm im Haus war, doch es ist anders, sie sieht nach unten auf das sich immer mehr rot verfärbende Wasser, auf all die Wunden, die Vidal an sich trägt und beim bloßen Hinsehen werden sie immer mehr.

Belinda beginnt zu weinen und küsst Vidals Lippen. »Schatz, bitte sag mir, ob du Schmerzen hast.« Plötzlich geht eine Tür auf, Belinda weiß nicht von wo, nicht einmal wo sie sind, doch sie erkennt die Stimme, sie würde diese Stimme immer wieder erkennen. Benjamin muss hier sein.

»Das reicht, eure Zeit ist vorbei, Vidal du musst jetzt gehen ...« Belinda sieht panisch wieder in Vidals Gesicht, doch er entfernt sich immer weiter von ihm. »Nein, nein, warte. Vidal, du darfst das nicht tun.« Er ist immer weiter weg, Belinda greift nach ihm, doch sie bekommt ihn nicht mehr, sein Körper färbt sich immer mehr rot.

»Vidal, nein!« Belinda strengt sich so sehr an, doch sie kann sich nicht bewegen, genau wie damals, als Benjamin sie geholt hat, sie war nicht mehr Herr über ihren Körper. »Vidal!«

Belinda setzt sich auf, es war nur ein Traum. Blitzschnell sieht sie sich um, erkennt ihr Loft im Haus ihres Vaters, sieht Ponce, der sich neben sie aufs Bett gelegt hat und friedlich schläft, er lehnt gegen große Kissen und hat seine Waffe neben sich gelegt. »Ist alles in Ordnung?« Die Tür geht auf und ihr Vater kommt herein. »Ja ... ich muss eingeschlafen sein.« Belinda sieht auf die Uhr und schließt die Augen. Vidal ist schon viel zu lange in Benjamins Gewalt.

»Du musst schlafen, der Arzt kommt gleich nochmal. Ich gebe unten Bescheid, dass sie dir etwas zu essen machen sollen, hast du einen bestimmten Wunsch?« Belinda schüttelt den Kopf. »Papa ... nein. Ich muss los, ich will nach Vidal suchen, wir müssen ihn finden.«

Ihr Vater zieht die Stirn in Falten und sieht ihr in die Augen. »Belinda, Alejandro und die anderen suchen nach ihm. Du musst deinen Brüdern vertrauen und auch der Familie von Vidal. Wir können momentan nichts weiter machen ...« Belinda setzt sich richtig auf. »WIR MÜSSEN mehr machen, Papa, er ist nur wegen mir bei Benjamin. Er hätte es nicht machen müssen, Papa, und das weißt du! Vielleicht wäre ich dann tot oder im gleichen Zustand wie Alena. Nur weil Vidal mich liebt, hat Benjamin ihn. Es ist egal, ob ihr ansonsten verfeindet seid, aber das kann dir doch nicht egal sein.« Ihr Vater sagt einen Moment nichts, Ponce neben ihr rührt sich ein wenig, schläft aber weiter.

»Von mir aus. Wir warten, was der Arzt gleich sagt und dann nehme ich dich mit. Du bleibst aber jede Sekunde bei mir, hörst ...« Belinda nickt. »Das tue ich!« Ihr Vater ist damit nicht zufrieden, doch er weiß, dass Belinda recht hat. Nur wegen Vidal lebt sie noch, wer weiß, ob Benjamin es zugelassen hätte, dass Alejandro sich für sie eintauschen lässt, doch auch ihr Bruder hat keine Sekunde gezögert. Sie hat die Gefühle von Vidal und ihrer Familie wirklich unterschätzt.

»Ich sage in der Küche Bescheid ...« Ihr Vater lässt die Tür offen. »Und Papa ...«, er dreht sich noch einmal um und Belinda sieht ihn flehend an, »ich weiß, dass du das nicht hören willst ... aber ich liebe Vidal. Ich liebe ihn sehr, unsere Liebe ist gewachsen, bevor wir wussten, wer ich bin und du selbst hast mir gesagt, dass ich, wenn ich jemanden finde, den ich so liebe, wie du meine Mutter geliebt hast, aufpassen soll, dass ich die Person nicht verliere ...«

Belinda wischt sich die Tränen weg. »Bitte lass nicht zu, dass ich ihn verliere, Papa.« Ihr Vater sieht einen Augenblick zu Boden, doch dann atmet er tief ein. »Das ist etwas ganz anderes, Belinda, vergleich diese ...« Er sieht ihr in die Augen und sein Blick wird weicher. »Lass uns warten, was der Arzt sagt, dann können wir sehen, was wir noch tun können.«

Mit diesen Worten dreht er sich um, es tut Belinda leid, dass sie ihn in solch eine Situation bringt. Sie sieht, wie schwer es für ihn ist, doch sie kann nicht anders. Belinda steht auf, sie hat das Gefühl durchzudrehen. Sie sieht auf ihr Handy, viele Anrufe und Nachrichten, April ist schon auf dem Weg nach Puerto Rico und auch Camilla hat angerufen, ebenso Alena. Belinda sieht auf die Uhr im Handy und wie die Minuten vergehen.

Sie muss etwas tun, sie hält es nicht aus. Belinda trägt nur eine kurze Baumwollshorts und ein weites T-Shirt, sie hat es vorhin von einem Stapel Wäsche genommen, es muss von Alejandro sein, manchmal legen die Hausfrauen auch seine Wäsche hier im Haus zusammen. Um Ponce nicht zu wecken, geht sie auf ihre kleine Terrasse. Sie sieht nach unten, bei den Garagen stehen Alejandro mit Roman und Petro, die gerade erst angekommen zu sein scheinen. Vidal ist jetzt seit etwas über 24 Stunden in der Gewalt von Benjamin und jede Minute ist zu lang.

Belinda geht einige Schritte weg, sodass sie Belinda nicht sofort sehen, wenn sie nach oben schauen, und wählt Camillas Nummer. Sie muss erfahren, ob die Puentes schon mehr wissen, sie werden ihre Familia sicherlich nicht verständigen, vielleicht ist Vidal schon längst gerettet.

Belindas Hoffnung schwindet, sobald Camilla abnimmt und sie ihr Weinen hört. Ihre Freundin versucht, sich zusammenzunehmen, sie sagt Belinda, dass sie sich Sorgen gemacht hat und auch, wie beängstigend es gerade bei den Puentes ist, Camilla weint immer stärker. Belinda versucht sich zu sammeln und einen klaren Kopf zu bewahren. Immer wieder schluchzt Camilla, wie leid es ihr tut und dass sie jetzt gerne für Belinda da wäre. Dante und die anderen sollen vor Trauer völlig neben sich stehen. Es ist schwer, Camilla zu verstehen, so aufgelöst wie sie ist.

»Aber sie suchen doch trotzdem weiter nach ihm, Camilla, oder? Meine Brüder suchen unser Gebiet ab, wie weit sind Elian und die anderen, haben sie schon einen Hinweis?« Plötzlich ist Camilla ganz ruhig. Belindas Herz schlägt schneller. »Camilla? Gibt es …« Camillas Stimme ist nicht mehr als ein leises Zittern. »Hat es dir niemand gesagt?« Belindas Herz rast. »Was?« Wieder Stille. Belindas Mund wird trocken.

»Es … ich dachte, du wüsstest es, Belinda. Es tut mir so leid. Heute Nacht ist ein Boot explodiert … es war das Boot, auf dem Vidal und Benjamin waren … es sieht nicht so aus, als hätte das jemand überlebt … es …«

Belinda kann alles, was als nächstes passiert, nicht mehr kontrollieren, fast als stände sie neben sich. Das Handy fällt ihr aus der

Hand, Belinda starrt darauf, als die Worte zu ihr dringen, sie spürt, wie der Marmor der Terrasse ihre Knie aufschlägt, als ihre Beine nachlassen und sie hört diesen lauten, schmerzvollen Schrei, der all die Verzweiflung und die Schmerzen ihres Herzens zusammengebündelt hat, doch sie kann sich dabei zusehen, sehen, wie sie verzweifelt zusammensackt. Vor ihrem inneren Auge erscheint wieder das Gesicht von Vidal, wie im Schlaf, doch dieses Mal verschwindet es ganz, egal wie verzweifelt Belinda schreit und versucht, ihn zu halten, Vidal bei sich zu halten.

»Sollen wir irgendwas veranlassen? Den Männern etwas verkünden? Sollen wir die Grenzen einnehmen und endlich all das beenden? Was …« Elian hebt die Hand. Er sieht zu seiner Mutter, die in den Armen ihres Vaters liegt.

Dante, Benito, Cuca und Aaron sitze bei ihnen, genau wie der Rest der engeren Familie, alle sind in sich gekehrt, niemand sagt ein Wort, man hört immer wieder ein verzweifeltes Schluchzen, doch die schmerzvollen Schreie seiner Mutter haben seit einigen Minuten nachgelassen, sie scheint keine Kraft mehr zu haben.

Gerade ist Nacho in das Gemeinschaftshaus gekommen, er spricht für die Männer, die nun alle verunsichert sind. »Falls du damit andeuten wolltest, dass wir eine Trauerfeier für Vidal ausstatten, vergiss es! Es gibt noch Hoffnung und solange kommt hier niemand zur Ruhe. Die Männer sollen sich aufteilen und weitersuchen, besonders in der Ecke, wo das Boot gefunden wurde.«

Elian sieht zu seinem Vater, ihre Blicke treffen sich. Sie beide haben die angespülten Sachen gesehen, mit eigenen Augen gesehen, wie unwahrscheinlich ihre Hoffnung noch ist, doch Elian ignoriert das, weil alles andere ihn um den Verstand bringen würde.

»Um die Sombras kümmern wir uns später, sucht alles nach meinem Bruder ab und bringt mir endlich diesen verfluchten Benjamin!« Alle erheben sich, bis auf die Älteren der Familie, Elian geht als Erster hinaus, er zieht sich nur schnell um, dann wird auch er weitersuchen, etwas anderes kommt für ihn nicht in Frage.

»Elian, sollen wir zusammen ...« Elian weiß, dass sie alle trauern, doch er hat nicht die Kraft dazu, jetzt noch auf irgendjemand anderen zu achten, deswegen hört er Benito nicht zu, geht in sein Haus und knallt die Tür zu. Er lehnt sich gegen die Tür und atmet tief ein, wieder steigen Tränen in ihm auf, die er sich wütend wegwischt. Er wird Vidal nicht aufgeben, egal was passiert.

Sein Handy klingelt und er nimmt an, während er die Treppen zu seinem Schlafzimmer hocheilt, doch als er die Stimme in der Leitung hört, bleibt er so abrupt stehen, dass er fast nach hinten fällt und sein Herz zu rasen beginnt.

Roman sieht Alejandro in die Augen und zuckt die Schultern. »Sollen die beschissenen Puentes kommen, wir sind bereit.« Er sieht zu Petro, der sie unentschlossen beobachtet, fast so, als wüsste er nicht, ob er ihm zustimmen oder flüchten soll. Alejandro knackt seine Schultern. »Halten wir uns noch zurück, Belinda nimmt das alles mit, wir warten eine gewisse Zeit ab und ...« Ein Schrei, der Roman durch sämtliche Knochen geht, unterbricht sie. Sie alle sehen in die Richtung und Alejandro flucht auf. »Belinda!«

Kapitel 9

»Wohin bringst du mich?« Es ist das erste Mal, dass Belinda etwas sagt, seitdem sie mit Camilla gesprochen hat. Sie sieht auf die Uhr, es ist kurz vor Mitternacht, es müssen Stunden seit dem Anruf vergangen sein, doch Belinda kann sich kaum mehr an etwas erinnern.

Sie weiß, dass sie auf der Terrasse zusammengebrochen ist, Ponce war neben ihr und hat mit Camilla am Handy gesprochen, so haben alle erfahren, was mit Vidal passiert ist. Alejandro kam zu ihr, Roman auch, sie ist ins Bett gebracht worden, irgendwann war der Arzt da und hat ihr eine Tablette gegeben. Belinda hat aufgehört zu weinen, sie hat sich auf dem Bett zusammengekrümmt und alles, woran sie denken konnte und immer noch kann ist, dass sie Vidal verloren hat. Er ist wegen ihr gestorben.

Belinda hat das Gefühl, sie wäre gegen einen Lastwagen gelaufen, der Druck und der Schmerz auf ihrem Brustkorb ist so gewaltig, dass sie nicht sprechen kann, sie will einfach nur die Augen schließen und wieder in Vidals Armen liegen, doch die Erkenntnis, dass das nicht mehr geht, lässt sie wieder zu zittern beginnen.

Alle waren bei ihr, irgendwann war Alejandro kurz verschwunden, als er sich dann kurz danach wieder neben ihren Vater gestellt hat, hat er ihren Blick gesucht, das hat Belinda gespürt, aber sie hat keine Kraft dafür. Doch sie ist aufmerksam geworden, als Alejandro die Tabletten des Arztes entgegengenommen hat, die Belinda für die Nacht nehmen soll, damit sie schläft.

Auch als er danach lange auf seinen Vater und die Brüder eingeredet und erklärt hat, er müsse hier noch einige Dinge erledigen und würde bei Belinda bleiben. Die Anderen sollen mit dem Vater zusehen, dass sie alles richtig absichern, ihnen wird klar sein, dass nun, nachdem Vidal es nicht geschafft hat, ein Sturm losbrechen wird.

Deswegen fahren auch alle kurze Zeit später los. Doch statt ihr die Tabletten zu geben, hat Alejandro vom Balkon beobachtet, wie alle davongefahren sind, Belinda einen Kapuzenpullover aufs Bett geworfen und gesagt, sie solle mit ihm kommen.

Belinda ist das erste Mal aus ihrer eingekugelten Haltung gekommen, hat ihn angesehen und sich den Pullover übergezogen, sich dann aber wieder zusammengekugelt. Egal was ist, Belinda will es nicht wissen, sie will von nichts mehr etwas wissen.

Alejandro hat sie fast schon aus dem Bett geschliffen, dabei hat er leise erklärt, sie müssen jetzt los, es ist dringend und niemand darf davon erfahren. Belinda ist gerade mal dazu gekommen, kurz ins Bad zu gehen, auf die Toilette und sich frisch zu machen, ihr Gesicht, das vom Weinen ganz gerötet ist, zu kühlen, ihre langen Haare nach hinten zu streichen und im Spiegel zu erkennen, wie fertig sie aussieht. Wieso muss sie alle Menschen verlieren, die sie liebt?

Belinda verfällt wieder in Gedanken, die sie schneller atmen lassen, sie ist kaum in der Lage, einen Schritt vor den anderen zu tun. Alejandro bringt sie nach unten, es ist alles dunkel und leer. Er hat Belindas Bett mit Kissen ausgestopft und die Tür zu ihrem Loft geschlossen. Jetzt geht er zum Kühlschrank, nimmt eine Cola heraus und drückt sie Belinda in die Hand.

»Trink die, du brauchst Zucker und Koffein, das ist der schnellste Weg, deinen Kreislauf stabiler zu bekommen.« Da war der erste Punkt, an dem Belinda ihr Schweigen brechen wollte, doch sie hat einfach nur die Dose leergetrunken und ist Alejandro leise auf Flipflops durch den Seitengang, den sie auch am allerersten Tag benutzt hat, als sie hier war und ihren Vater das erste Mal getroffen hat, gefolgt.

Belinda ist hier nie wieder entlang gegangen. Doch so kommen sie, ohne jemanden zu treffen, zu den Garagen. Alejandro setzt sich ans Steuer seines schwarzen Mercedes und deutet Belinda, sich hinten hinzusetzen. »Wir müssen dich verstecken. Kannst du dich wieder so zusammenrollen wie gerade im Bett?« Draußen ertönen Stimmen und bevor Belinda etwas fragen kann, rollt sie sich auf dem hinteren Sitz zusammen, Alejandro wirft eine schwarze Seidendecke über sie und durch das schwarze Leder der Sitze wird sie wirklich nicht auffallen.

Alejandro grüßt im nächsten Moment jemanden, setzt sich ans Steuer und gibt Gas. Belinda schließt die Augen, sie hört, wie sie bei den Wachen vorbeikommen und Alejandro die Männer nochmal ermahnt, sehr vorsichtig zu sein, sie fahren kurz und dann hält er beim nächsten Wachposten, erst nachdem er diesen passiert hat, gibt er Gas. »Du kannst rauskommen.«

»Wohin bringst du mich?« Alejandro sieht auch auf die Uhr und zieht sein Handy heraus. »So ganz sicher bin ich mir auch nicht. Ich will dir nichts Falsches sagen, deswegen versuch kurz noch etwas Geduld zu haben.« Er gibt eine Adresse in das Navi ein und dieses zeigt, dass sie zwanzig Minuten brauchen werden.

Belinda lehnt sich ins weiche Leder zurück und starrt aus dem Fenster. Im Grunde ist es ihr auch völlig egal, wo sie hinfahren. Belinda sieht in die dunkle Nacht und versucht, sich an Camillas genaue Worte zu erinnern.

Wieso hat sie sich nicht zusammengerissen und weiter nachgefragt? Was genau haben sie gefunden? Was ist mit Benjamin? Sie muss, sobald sie zuhause ist, noch einmal mit ihr telefonieren. Alejandro rast auf der Schnellstraße, die nach San Juan führt.

Er ruft ihren Vater an und schaltet den Lautsprecher ein, dabei deutet er Belinda, leise zu sein. »Wie geht es Belinda? Bist du noch bei ihr?« Alejandro sieht seiner Schwester durch den Rückspiegel in die Augen. »Ich habe ihr die Tabletten gegeben und nun schläft sie. Ihr Körper braucht Ruhe. Ich habe zwei Männer zum Schutz vor ihre Tür gestellt und erledige noch schnell etwas.

Niemand soll sie stören, sie wird bis morgen früh schlafen und keiner sollte sie aufwecken, wer weiß, ob sie danach noch einmal Schlaf findet ...«

Belinda zieht die Augenbrauen hoch, Alejandro fällt es sehr leicht, ihren Vater anzulügen. Als er ihm sagt, dass er etwas am Meer zwei Städte weiter und den Wachposten dort überprüfen will, ist Belinda noch verwirrter. Sie fahren genau in die andere Richtung. In die Nähe des Hafens.

Ihr Vater sagt Alejandro, dass sie auch noch eine Weile unterwegs sein werden und bei den Details blendet Belinda das Gespräch aus, sie wird erst wieder aufmerksam, als Alejandro in San Juan einfährt, das Gespräch schnell beendet und sich immer wieder umsieht. Was tut er? Denkt er, jemand ist ihnen gefolgt? Alejandro fährt auf eine belebte Einkaufsstraße in ein Parkhaus und hält neben den Taxiständen.

Auch wenn es sehr spät ist, ist alles noch sehr voll. »Warte hier!« Alejandro sieht sich wieder um, geht zu einem der Taxis, steigt ein und kommt auf dem Beifahrersitz zu seinem Mercedes gefahren. Blitzschnell öffnet er ihr die Tür und auch die hintere des Taxis. »Steig schnell ein.« Belinda wechselt das Fahrzeug, Alejandro verschließt seinen Mercedes mit der Fernbedienung und steigt auf der Beifahrerseite des Taxis ein.

Der Fahrer ist sehr nervös, er sieht immer wieder zu Alejandro und Belinda, Belinda traut sich kaum zu atmen, was ist hier los? Wo bringt Alejandro sie hin? Sie fahren zum Casitas am Hafen, Alejandro bezahlt das Taxi und sie steigen aus. Sofort gibt der Taxifahrer wieder Gas und Alejandro zieht seine Waffe. Nun hält Belinda ihn am Arm fest.

»Alejandro, was soll das alles? Wo bringst du mich hin?« Er schüttelt den Kopf. »So ganz weiß ich das auch nicht und es fühlt sich verdammt falsch an, doch ich habe mein Wort gegeben, also komm.« Belinda versteht gar nichts mehr, doch sie versucht, mit Alejandro Schritt halten zu können, der sich wieder vom Casitas entfernt.

Er geht zurück auf die Straße, in die Nähe des kleinen Motels, in dem Belinda am Anfang gelebt hat, dann wechseln sie ein paar mal die Straßenseiten, bis Belinda fast stehengeblieben wäre, weil ihre Beine das nicht mitmachen, so viel Kraft hat sie noch nicht, doch dann sind sie wieder am Hafen.

Es ist der hintere Bereich, sie stehen vor einem zweistöckigen Gebäude, es ist ganz weiß und hat eine rote Stahltür. Alejandro sieht sich um, dann öffnet er die Tür und sie gehen beide hinein. Auch wenn es dunkel ist, erkennt man durch die Lichter am Hafen, dass das hier eine Art Lager ist. Überall stehen Kisten herum, Waffen, Stühle und auch ein Tisch, auf dem viele Papiere liegen, eine Treppe führt nach oben und Belinda stockt, als Elian oben erscheint.

Auch Alejandro hält ein. Er hat seine Waffe gezogen, Elian kommt nicht nach unten. »Warte kurz hier, beweg dich nicht weg!« Belinda sieht angespannt zu, wie Alejandro zu Elian die Treppe hinaufgeht.

Ist das hier eine Falle? Ein Treffen, um diese Sache endgültig zu bereinigen? Sie hat sich nicht gewagt, in Elians Gesicht zu sehen, schon am Meer, als sie ihn gesehen hat, kurz nachdem Vidal zu Benjamin aufs Boot gegangen ist, hat sie in seinem Gesicht das gesehen, was sie innerlich gefühlt hat.

Er hat wegen ihr Vidal verloren und sie versteht, dass er sie deswegen hasst. Alejandro und Elian verschwinden für eine Minute aus ihrem Blickwinkel, aber genau, als Belinda ihre Geduld zu verlieren beginnt, tauchen beide zusammen wieder auf und kommen die Treppe herab.

»Geh hoch.« Alejandro deutet nach oben und Belindas Herz beginnt zu rasen. Sie geht an beiden vorbei, noch immer sieht sie Elian nicht an, nicht nur wegen ihrer Angst vor seiner Reaktion auf sie, auch weil er Vidal so ähnlich sieht und sie es nicht ertragen könnte …

Belinda merkt, dass ihr Bruder und Elian nicht hinter ihr herkommen, beide gehen nach unten und setzen sich an den Tisch, wo sie gleich zu sprechen beginnen.

Belinda will schon umkehren und sie fragen, was das Ganze soll, da sieht sie, dass im ersten Stock eine weitere Tür ist, hinter der sich offenbar eine kleine Wohnung befindet.

Es brennt ein kleines Licht und Belinda geht darauf zu.

Einen Moment stockt sie, doch dann öffnet sie die Tür und sieht in einen kleinen Raum, ähnlich wie ein Hotelzimmer mit Bett, Schrank, einem Tisch, auf dem Essen und Trinken stehen. Belindas Atem setzt aus, ihr Herz zerspringt fast in ihrer Brust und sie schlägt sich die Hand vor den Mund, als sie auf Vidal sieht, der sich mühevoll vom Bett erhebt und sie ansieht.

Es sind Sekunden, die sie nie wieder vergessen wird, ihr fallen Felsbrocken vom Herzen und sie ist so schnell bei ihm, dass ihre Füße den Boden kaum berühren. Starke Arme umfangen sie sofort und sie schließt die Augen, inhaliert den Geruch, spürt die Wärme und hat gleichzeitig Angst, dass all das nur ein Traum ist, wahrscheinlich ist es das.

Sie schläft noch von den Schlaftabletten und hat diesen wunderschönen Traum. Belinda kneift die Augen zu, dann will sie nie wieder wach werden.

»Beruhige dich, mein Herz.« Belinda hat gar nicht gespürt, wie sehr sie zittert. Er ist wirklich da, sie öffnet die Augen, geht einen Schritt zurück, sieht ihm in die Augen, fasst an seine Wange. »Du lebst, ich ...« Das ist nicht Belindas Stimme.

Ein müdes Lächeln setzt sich auf Vidals Gesicht und Belinda sieht, dass er lebt, doch dass er in keinem sehr guten Zustand ist.

Er hat eine tiefe Wunde an der Wange, Vidal trägt nur eine graue Shorts, die ihm bis zu den Knien geht, sein gesamter Oberkörper ist zerschrammt und blau. Über seinen massigen Bizeps sind Verbände gewickelt, die völlig vollgeblutet sind. »Vidal ...« Er muss unvorstellbare Schmerzen haben. Belinda streicht über seine Brust und er verzieht sein Gesicht schmerzvoll. »Was ist passiert? Wie hast du es geschafft? Das Boot ... Ich weiß nicht, wie ich weiterleben hätte sollen ... ich ...«

Vidal umfasst mit beiden Händen Belindas Gesicht und küsst ihre Lippen. Kurz und süß und doch vertreibt es sofort die Kälte, die sich in ihr ausgebreitet hat, die Verzweiflung darüber, ihn verloren zu haben.

Er streicht Belinda die Tränen weg, doch dann setzt er sich langsam wieder aufs Bett, er hat Schmerzen und deutet Belinda, sich zu ihm zu setzen. Natürlich tut sie das und greift nach seiner Hand, selbst sie ist völlig zerschrammt.

»Ich dachte, du wüsstest, dass mich so schnell nichts unterkriegt und schon gar nicht so ein kranker Psychopath wie Benjamin. Das Einzige, was ich wirklich bereue ist, dass ich ihn nicht töten konnte ...« Belinda unterbricht ihn.

»Wie bist du da herausgekommen? Ich habe doch gesehen, was er alles tun wollte und ...« Vidal hebt seine Hand und streicht leicht über ihre Wange.

»Am Anfang konnte ich nichts tun. Es war wichtig, dass du in Sicherheit bist, deswegen konnte er mich ohne Probleme in diese Kabine sperren. Ich war lange da drinnen, zum Glück waren dort Wasserflaschen ... es war eine lange Zeit, ich hatte viel Zeit zum Nachdenken, es ist nichts passiert.

Ich habe Benjamin immer wieder gehört, er war wie high, der Gedanke, einen der Anführer in seiner Gewalt zu haben, hat ihn völlig ausrasten lassen.

Das war denke ich auch sein Fehler, ich habe gehört, dass er mit irgendwelchen Leuten am Telefon gesprochen hat und irgendwann ist er in den Raum gekommen.

Er ist nicht in meine Nähe gekommen und hat mir mit einem Pusterohr eine Spritze verpasst. Kennst du das? Wie bei wilden Tieren, der Kerl hatte solch eine Angst vor mir, obwohl ich völlig unbewaffnet war.

Ich habe die Spitze nicht verhindern können, doch er muss einen Fehler bei der Dosierung gemacht haben, ich war ungefähr eine halbe Stunde nicht in der Lage, mich zu bewegen.«

Belinda nickt. »Mir hat er das auch gegeben, ich konnte mich zwar ein wenig bewegen, aber nicht genug, um mich zu wehren, hatte keine Kontrolle über mein Handeln.«

Vidal küsst Belindas Wange. »Die ganze Zeit, als ich da unten drinnen war, konnte ich nur daran denken, was er mit dir gemacht hat ...«

Belinda würde am liebsten hysterisch loslachen. »Vidal, du sitzt hier völlig ... Mir geht es gut. Alles was mir angetan wurde ist, dass ich dachte, du wärest tot.« Belinda weint wieder. »Das war das Schlimmste ...« Vidal umfasst ihr Gesicht und küsst sie erneut, auch dieses Mal nur kurz, doch Belinda spürt, dass sie noch immer zittert.

»Ich konnte mich nach und nach wieder bewegen, dann habe ich ihn mit einem Mann am Telefon reden gehört ... ich habe einiges gehört, doch das bespreche ich gleich mit deinem Bruder. Benjamin hat auch gesagt, dass er sich gleich um mich kümmern wird, er hat angenommen, dass die Betäubung über mehrere Stunden anhält, wahrscheinlich hat er einfach die Dosis zu gering für mein Gewicht gehalten, oder mein Körper konnte gut mit dem Zeug umgehen. Ich weiß es nicht.

Als er kurze Zeit später in den Raum gekommen ist, hatte er trotzdem eine Waffe dabei. Ich habe ihn angesehen, doch im ersten Moment so getan, als könne ich mich kaum bewegen.

So lange, bis sich Benjamin absolut sicher war, dafür hat er mir ins Bein geschossen und ich habe nicht einmal mit der Wimper gezuckt, dass war wirklich hart ...«

Belinda greift nach einem dicken Verband an seiner Wade. »Du bist angeschossen worden?« Es klopft und Alejandro und Elian kommen herein. Belinda sieht Alejandros Blick auf ihrer Hand, die die von Vidal umklammert, doch sie rückt keinen Millimeter von Vidal weg, als ihr Bruder das Zimmer betritt.

Kapitel 10

»Fünf Minuten sind um, wie hast du es geschafft wegzukommen, wo ist er und wieso bist du hier? Das ist zu wichtig!« Alejandro nimmt sich einen Stuhl aus einer Ecke, Elian setzt sich in einen kleinen grauen Sessel, der in der anderen Ecke steht.

Nun traut sich Belinda, Vidals jüngerem Bruder wieder ins Gesicht zu sehen und erkennt, dass er eine ähnliche Hölle durchgemacht haben muss wie sie. Auch Alejandro sieht ziemlich mitgenommen aus, es wird für ihn nicht leicht sein, jetzt hier zu sein. Belinda versteht noch immer nicht alles, wie ist Vidal hier gelandet? Wieso ist er hier in diesem Lager? Wieso ist er in keinem Krankenhaus?« Nicht nur ihr Bruder hat viele Fragen, doch für Belinda überwiegt die Erleichterung, Vidal neben sich zu haben.

Vidal stöhnt ein wenig auf und setzt sich um, er verlagert sein Gewicht, lässt Belindas Hand aber nicht los. Alejandro lässt Belinda und ihn nicht aus dem Auge, doch Belinda erkennt auch, dass er nicht ganz so feindselig wie früher aussieht, wenn er Vidal nun ansieht.

»Benjamin hat mich nicht richtig betäubt und dann habe ich ihn überrascht und angegriffen. Erst da habe ich gemerkt, dass ich mich zwar gut bewegen konnte, aber meine Kraft auch noch nicht völlig zurückhatte, deswegen konnte sich Benjamin am Anfang noch gut wehren. Es war ein Hin und Her, wir sind ans Deck, ich habe ihn zwar gut kontrolliert und er musste auch einiges einstecken, doch ich habe seine Waffe nicht zu fassen bekommen. Es war mitten in der Nacht, ich habe nicht viel erkannt, sicher lag es auch noch an dem Zeug, was er mir verabreicht hat.

Es haben sich mehrere Schüsse gelöst, als ich sie ihm dann entreißen konnte, ist die Waffe aber auf den Boden gefallen und Benjamin hat sie weggetreten. Benjamin wollte abhauen, ich habe mich auf ihn gestürzt, dabei sind wir gegen einen kleinen Gasbrenner gekommen, auf dem er eine Dose mit Essen erhitzt hat. Das Boot hat sofort Feuer gefangen.

Mir war das egal, ich hatte ihn endlich, ich habe so viel Wut an ihm ausgelassen wie ich konnte. Als er nicht mehr aufstehen konnte, wollte ich das Boot wenden und mit ihm noch schnell an Land, doch dann habe ich gemerkt, dass das Feuer in wenigen Sekunden mehrere Gasflaschen erreicht hätte. Benjamin hat laut losgelacht, er wusste, dass ich nun nicht mehr viel Wahl hatte.«

Man hört, wie sehr sich Vidal darüber ärgert. »Ich hatte nicht mal die Waffe, um das endgültig zu beenden, doch ich wollte ihn nicht davonkommen lassen. Ich bin von Bord gesprungen, ich konnte nicht verhindern, dass er es auch tut, im selben Augenblick ist das Boot explodiert. Uns ist alles um die Ohren geflogen, ich habe am Rücken Feuer abbekommen, die Wucht der Explosion war zu heftig. Wir sind beide ins Meer getaucht, immer wieder hat mich etwas getroffen, mich runtergerissen, ich bin irgendwo gegen geknallt, das ganze Schiff ist zerfetzt worden.

Bis ich wieder richtig schwimmen und mich umsehen konnte, hat es eine Weile gedauert. Ich habe gespürt, wie viel ich abbekommen habe und erst wusste ich nicht, ob Benjamin es überlebt hat, doch dann habe ich ihn wegschwimmen sehen. Die Flammen der Wrackteile haben mich genug erkennen lassen. Die Strömung war sehr stark und überall waren Felsen, ich habe ihn noch probiert zu bekommen, doch irgendwann musste ich einfach versuchen, an Land zu kommen, sonst hätte ich es nicht mehr geschafft.

Ich wusste, dass ich ihn nicht mehr einholen kann, doch als ich gemerkt habe, dass er immer wieder zurücksieht und nach mir sucht, habe ich mich versteckt. Er denkt, ich habe das nicht überlebt und das ist gut so.

Es war bereits der nächste Morgen, als ich endlich am Strand wieder richtig zu mir gekommen bin. Ich habe einen alten Mann getroffen, der mir geholfen hat. Ich habe mich bei ihm kurz ausruhen können und Elian angerufen, dann hat er mich hier in die

Nähe gebracht, ich war sehr vorsichtig, bis ich hergekommen bin ...«

Belinda sieht auf Vidals Rücken, sie sieht die große rote Wunde, auf der Kompressen sind. »Er ist mir entkommen.« Man hört, wie sehr Vidal das bedauert, Elian räuspert sich. »Wir dachten, du bist tot. Alles andere ist egal, wir bekommen ihn.« Vidal reibt sich die Stirn. Alejandro sieht ihn an, man erkennt einen gewissen Respekt für das, was Vidal geschafft hat, in seinem Blick.

»Und wieso bist du hier? Wieso musste ich so vorsichtig sein, was ...« Vidal umfasst Belindas Hand komplett und sieht Alejandro in die Augen. »Benjamin arbeitet nicht allein.« Belinda sieht auch zu ihrem Bruder. »Das wissen sie bereits. Ich habe ihn telefonieren gehört, ich weiß nicht mit wem, aber er hat mehrere, die ihm helfen, ich bin mir sicher, dass es mehr als eine Person ist.« Vidal lehnt sich zurück und Belinda greift nach zwei Kissen, die sie ihm hinter den Rücken legt, damit er bequem liegen kann, wieder stöhnt er schmerzvoll auf.

»Nicht nur das, niemand weiß, dass ich überlebt habe. Ich habe Elian angerufen und ihm gesagt, dass er es niemandem sagen darf. Benjamin hat nicht mit irgendjemandem am Telefon gesprochen. Auch ich habe ihn belauscht, als er dachte, ich würde es nicht mitbekommen. Sie haben über einen Deal gesprochen, der in einigen Wochen stattfinden soll, die Person am Telefon wollte offenbar, dass es bis zu diesem Deal zu einem erneuten Krieg zwischen den Familias kommt, ich konnte nicht alles verstehen...«

Alejandro sieht zu Elian. »Wir haben uns schon gedacht, dass vielleicht welche aus den Familias da mit drin stecken. Sie haben Kameras bei euch installiert, Benjamin wusste sehr viel, er hatte es viel zu einfach ...« Elian nickt. »Das habe ich mir auch schon gedacht, aber es ist mehr als das...« Vidal sieht Alejandro ernst an. »Es sind nicht irgendwelche aus der Familia, dieser Deal ist streng geheim, von ihm wissen nur die engsten Kreise.«

Plötzlich ist es ganz still. Belinda sieht erst Vidal, dann ihrem Bruder und dann Elian ins Gesicht. »Was bedeutet das?« Vidal flucht leise, diese Tatsache die er ausgesprochen hat, trifft ihn offenbar mehr als das, was er gerade überlebt hat.

»Das bedeutet, dass einer, dem wir bisher blind vertraut haben, mit Benjamin unter einer Decke steckt.« Alejandro scheint all das auch erst einmal genau abzuwägen. »Ich hätte auf Nacho getippt, einige, die er um sich geschart hat, vielleicht noch... seid ihr sicher, dass er aus den engsten Kreisen stammen muss?« Vidal nickt. »Nacho steckt garantiert auch mit drinnen, wir haben ihm nie vertraut, er verfügt nicht über solche Informationen und ist auch zu selten unbeobachtet, um Kameras anbringen, ihn lasse ich schon länger überprüfen. Wir haben ihn nur aufgenommen, um euch damit zu provozieren, wir haben ihm nie vertraut. Diese wichtigen, geheimen Informationen haben nur die engeren Kreise ...«

Wieder ist es still. »Was wollt ihr jetzt tun?« Belinda ahnt schon, dass all das noch böse weitergehen wird, Vidal streicht mit seinem Daumen über ihre Handaußenfläche. »Nun haben wir das Glück auf unserer Seite, Benjamin hat mich nicht gesehen, er denkt, ich bin tot. Ich habe gehört, wie er gerufen hat 'brenn Vidal, brenn in der Hölle'. Das ist unser Vorteil. Alle glauben nun, ich bin tot, sie sind sich sicher, dass nun der Krieg ausbricht und wir lassen sie in dem Glauben. Niemand weiß, dass ich hier bin, außer Elian, meine Eltern und ihr beide.

Momentan können wir niemandem trauen, auch wenn es mir schwerfällt und ich selbst das nicht glauben kann, doch wir müssen erst einmal überprüfen, wer dahintersteckt. Mein Vater und meine Mutter wissen noch Bescheid, wir konnten sie nicht in dem Glauben lassen, dass ich tot bin. Sie waren vorhin hier, natürlich haben auch sie sehr gut aufgepasst. Sie wissen von unserem Plan. Ich habe mich lange mit meinem Vater und Elian beraten, momentan müssen wir als Anführer handeln und alle anderen außen vor lassen.

Niemand ahnt, dass wir wissen, dass es Verräter gibt, nun ist es unsere Aufgabe, sie bei ihrem kleinen Triumph zu beobachten und zu erkennen. Mein Vater bringt meine Mutter und alle anderen Älteren auf die Cuidad zurück.

Sie tun so, als würden sie die Frauen wegbringen, wegen der Trauer und dass sie weg vom Krieg sind. Elian wird so tun, als würden sie den Krieg und die Trauerfeier vorbereiten, sie werden einen heftigen Schlag gegen die Cinco Sombras planen, der nach der Trauerfeier stattfinden soll und der natürlich nie stattfinden wird.

Diese Zeit werden wir nutzen und herausfinden, wer dahintersteckt und wo Benjamin ist. Wenn wir ihn haben, schnüren wir den Strick um den Hals der Verräter enger und sie werden sich von alleine verraten. Momentan gehen ja alle davon aus, dass Benjamin und ich bei der Explosion ums Leben gekommen sind, nur die Verräter werden wissen, dass er überlebt hat. Sie wissen nicht, dass wir wissen, dass es einer der engeren Kreise sein muss und viele gibt es da nicht. Elian wird auf jede Kleinigkeit achten ...«

Alejandro schnalzt die Zunge. »Das wird sehr schwer sein, wenn er alleine alles überprüfen muss, besonders, wenn dann noch Jagd auf Benjamin gemacht wird und das im Geheimen.« Elian setzt sich gerade hin und knackt die Schultern. »Das bekomme ich schon irgendwie hin ...« Vidal sieht Belindas Bruder in die Augen.

»Ich habe Elian gebeten, dich anzurufen. Zum einen wollte ich, dass Belinda weiß, dass es mir gut geht und zum anderen, dass du als Anführer der Cinco Sombras Bescheid weißt. Es ist sicherlich nicht das Schlaueste, euch unsere Schwachstellen aufzuzeigen, besonders im Moment, doch du sollst wissen, dass wir diesen Krieg nicht in Wirklichkeit planen und ... ich werde mich hier weiter verstecken müssen, damit das alles klappt und kann nicht auf Belinda aufpassen, deswegen wollte ich, dass du weißt, was vor sich geht und dafür sorgst, dass sie in Sicherheit ist.

Wir sind von Geburt an Feinde und all das wird nicht verhindern, dass unsere Familien das immer sein werden, doch die Tatsache, dass du und ich sofort unser Leben für Belinda geben würden, verbindet uns. Ich weiß, dass du das nicht gerne hörst, aber ich liebe deine Schwester und alles was ich möchte ist, dass sie in Sicherheit ist, und deswegen wollte ich, dass du kommst, niemand außer euch beiden darf hiervon erfahren!«

Alejandro rutscht ein wenig auf seinem Stuhl herum, Belinda kann sich vorstellen, dass das keine leichte Situation für alle Beteiligten ist, doch dann räuspert sich ihr Bruder. »Wie ich es dir gesagt habe, bevor du auf das Boot gegangen bist. Das werde ich dir niemals vergessen, ich stehe zu meinem Wort, auch wenn die Feindschaft zwischen unseren Familien weitergeht, werde ich niemals meine Waffe gegen dich richten ...«, er wendet sich zu Elian um, »auch nicht gegen dich, das ist so, seit du dein Leben für Alena riskiert hast und ich weiß, dass das einige so sehen ... es sei denn natürlich, du verletzt meine Schwester, dann gilt das nicht mehr. Das alles bleibt unter uns, ich werde von meiner Seite versuchen, Elian zu helfen, wir werden alle Hebel in Bewegung setzen und Benjamin finden, du kannst dich auf die Probleme innerhalb eurer Familia konzentrieren, sobald wir etwas erfahren, gebe ich Bescheid ...«

Er sieht auf die Hände von Belinda und Vidal und seufzt leise. »Du sitzt jetzt hier so vor mir, weil du das Leben meiner Schwester gerettet hast. Ich zweifle nicht an deiner Liebe zu ihr und ich habe auch kein Problem, sie bei dir zu lassen, weil ich wüsste, dass du sie schützen würdest, doch das bedeutet nicht, dass das alle anderen auch so sehen. Ich weiß, dass mein Vater, meine anderen Brüder ... niemand anders eure Beziehung jemals akzeptieren wird ... ich denke, das wissen wir alle.«

Elian sieht auf sein Handy. »Unser Vater hat auch nicht vor, das zu akzeptieren, das hat er vorhin auch noch einmal ganz klar deutlich gemacht ...« Ein leichtes Lächeln schleicht sich auf Elians Gesicht, doch Belinda schnürt sich bei den Worten der beiden der Magen zu. Vidal nickt und drückt Belindas Hand. »Das ist mir klar, doch damit befassen wir uns wenn all der andere Scheiß erledigt ist. Es wird sich vieles ändern, das wird nicht mehr zu verhindern sein.«

Alejandro nickt. »Okay, wenn ihr diese Verräter gefunden habt, wollen wir auch unseren Teil an Rache bekommen, immerhin sind auch einige aus unseren Reihen dadurch zu Schaden gekommen ...« Vidal lehnt sich wieder ein wenig nach vorne. »Natürlich, du solltest als Einziges deinen Vater einweihen, unsere Väter sind sehr aneinandergeraten, und um den Ausbruch des Krieges nicht wirklich heraufzubeschwören, sollten beide im Bilde sein, allerdings darf auch er kein Wort darüber verlieren.« Alejandro nickt und sieht auf die Uhr.

»Elian und ich bleiben im Kontakt. Gebt Bescheid, wenn es etwas Neues gibt. Wir müssen los, es war sehr schwer, Belinda herzubekommen, ohne dass jemand etwas merkt. Sie muss jetzt weiter so tun, als würde sie dich betrauern, damit niemand Verdacht schöpft.« Vidal deutet auf einen Tisch, auf dem ein Handy liegt. »Ich habe auch eine neue Nummer und halte dich auf dem Laufenden, lösche aber jede Nachricht, die du von mir bekommst und schreibst, gleich wieder.«

Belinda hat all das nur aufgenommen, sie kann diese vielen Informationen gar nicht so schnell verarbeiten wie die Männer und sieht zwischen allen hin und her. »Ich bleibe bei Vidal!« Nun blicken alle zu ihr. »Das geht nicht, Belinda, wie soll ich erklären, dass du weg bist?« Alejandro steht auf, Vidal verschlingt ihre Hände miteinander. »Das geht wirklich nicht, Belinda, wir dürfen nicht zu viel Aufmerksamkeit bekommen. Auch Elian wird nicht mehr herkommen dürfen, wir können nicht riskieren, dass jemand erfährt, dass ich lebe. Die nächste Lieferung kommt in einer Woche, bis dahin habe ich hier meine Ruhe.«

Belinda treten wieder Tränen in die Augen. »Du bist verletzt, wer bleibt bei dir? Du kannst hier nicht völlig alleine sein, ich habe dich doch gerade erst wieder ... ich dachte, du wärst tot ...« Elian und Alejandro stehen auf.

»Wir besprechen noch die genauen Details. Komm in fünf Minuten runter, Belinda! Wir müssen dann wirklich los.« Ihr Bruder nickt zu Vidal, und Elian und er verlassen den Raum und schließen die Tür. Vidal dreht sich zu Belinda, auch wenn man sieht, dass es ihn schmerzt, jede Bewegung tut ihm weh.

»Hör mir zu, mein Herz, mach dir bitte um mich keine Sorgen. Ich habe hier alles, meine Mutter hat eingekauft, ich habe genug Tiefkühlzeug und alles andere. Alles was ich brauche, ist Schlaf. Meine Mutter hat eine medizinische Ausbildung und hat die schlimmsten Wunden versorgt und mir Medikamente hiergelassen. Ich weiß, wie ich mir Verbände selbst wechseln muss. Mach dir keine Sorgen. Alles was du tun musst ist, auf dich aufzupassen.«

Belinda schüttelt energisch den Kopf. »Nein, ich gehe nicht mehr weg von dir, Vidal. Du hast doch gehört, was Alejandro gesagt hat, vielleicht dürfen wir uns nie wiedersehen.« Vidal lächelt matt, seine Hand legt sich an Belindas Hinterkopf und er küsst sie. Dieses Mal ist es anders, waren die Küsse davor zärtlich, so sind sie jetzt einfach nur noch sehnsüchtig, Vidal küsst sie richtig und in Belinda beginnt alles zu kribbeln. Belinda schließt die Augen, sie will, dass das niemals endet, doch das muss es. Vidal legt seine Stirn an ihre.

»Als du gegangen bist, war ich so sauer. Ich liebe dich, Belinda, mehr als irgendetwas jemals zuvor. Ich war mir so sicher, dass du das weißt. Ich … habe es einfach nie ausgesprochen, weil ich dann das Gefühl hatte, dass ich endgültig unser Schicksal unterschreibe und das sieht ja nicht ganz so rosig aus bei unseren Grundvoraussetzungen.

Als du weg warst, war ich zwar sauer, doch ich habe es auch bereut, dass ich so kalt zu dir war. Du bist das Beste, was mir je passiert ist, du und deine warme Art haben all das Eis in meinem Herzen schmelzen lassen. Ich bin dafür bekannt, kalt und unberechenbar zu sein, doch du änderst das, du machst mich extrem berechenbar, wenn es um dich geht und ich habe nicht einmal geahnt, dass ich zu solchen Gefühlen fähig bin …«

Belinda schüttelt den Kopf. »Ich hätte nie an deiner Liebe zweifeln dürfen!« Vidal küsst sie erneut. »Egal was ist, egal was kommen wird. Nichts und niemand wird uns beide mehr trennen, vertrau darauf, okay? Wir werden eine Lösung wegen der Familias finden, doch zuerst müssen wir andere Probleme beseitigen. Aber glaube mir, ich gebe dich und uns nie wieder auf.«

Belinda nickt. Sie streicht über Vidals Wunden. Er bittet sie, ihre Nummer in sein neues Handy zu speichern und auch sie soll immer alles, was mit ihm zu tun hat, löschen, nachdem sie es gelesen hat. Vidal legt sich richtig hin, Belinda bringt ihm Schmerztabletten und ein Glas Wasser, es quält sie, ihn jetzt so zurücklassen zu müssen, doch es ist ihr klar, dass sie keine Wahl haben.

Sie streicht noch Creme auf einige Wunden und stellt ihm eine Schüssel mit frischem Obst an sein Bett, Vidal betrachtet sie und all ihre Bewegungen genau, auch wenn seine Lider ihm zu schwer werden und er gegen den Schlaf kämpft, den er so dringend braucht. »Schreib mir, sobald du ein wenig geschlafen hast«, bittet Belinda ihn, Vidal nickt und Belinda küsst ihn noch einmal.

Sie dankt Gott dafür, dass sie ihn nicht verloren hat.

»Ich liebe dich, Vidal.« Er lächelt leicht und küsst ihre Stirn, bevor sie sich vom Bett erhebt. »Ich dich auch, mein Herz. Geh jetzt zu deinem Bruder, wir sollten seine Geduld nicht überstrapazieren. Ich habe das Gefühl, dass wir ihn in nächster Zeit noch ein paar Mal brauchen werden.«

Eine Stunde später liegt Belinda wieder in ihrem Bett, doch alles ist anders als noch heute Morgen. Sie ist nicht verzweifelt, sie weiß, dass Vidal lebt, doch auch wenn dieser Schmerz weg ist, kann sie nicht einschlafen. Auch wenn sie glücklich und erleichtert ist, spürt sie eine Angst und eine innere Unruhe in sich.

Sie hat Vidal, Elian und Alejandro angesehen, wie ernst all das ist, wie schmerzhaft es für die beiden Brüder ist, dass einer ihrer engsten Leute, Dante, Benito, Cuca oder Aaron sie hintergehen muss und dass es viel mehr Konsequenzen hat, als sich Belinda überhaupt ausmalen kann.

Sie spürt genau, dass ein mächtiger Sturm auf sie alle zukommt und dass sie nicht einmal eine Vorstellung davon haben, wie kraftvoll dieser sein wird. Vidal hat völlig recht:

Es wird sich vieles ändern, das wird nicht mehr
zu verhindern sein!

Kapitel 11

Camilla stöhnt schmerzvoll auf, sie zieht ein Küchentuch von der Rolle und legt es über ihren blutenden Finger. Sie ist so abgelenkt und mit den Gedanken ganz woanders, sie hat einfach nicht aufgepasst, als sie das Gemüse geschnitten hat.

Suela und Sofia sind vorhin gegangen, sie haben sich verabschiedet, sie werden ihre Mutter und die anderen älteren Mitglieder der Familia zurück in die andere Cuidad begleiten, allerdings nicht sehr lange, nach der Trauerfeier wollen sie hier bei ihnen bleiben, um ihrer Familia zu helfen, doch momentan möchten sie vor allem Vidals Mutter in ihrer Trauer nicht alleine lassen.

Alle trauern, selbst Camilla kann kaum klar denken, doch wenn sie den Schmerz in den Gesichtern der anderen Mitglieder der Familia sieht, wird ihr übel, wie sollen sie alle über diesen Verlust hinwegkommen? Wenn sie an Belinda denkt, hat sie das Gefühl, ihr Herz zerspringt vor Trauer, sie wird diese Schreie ihrer Freundin niemals vergessen, Belinda wusste nicht, dass sie die Wrackteile gefunden haben.

Dante hat sie kaum gesehen, sie hat es gerade mal geschafft, ihn einmal in den Arm zu nehmen, sie hat die Tränen gesehen, die er für Vidal verloren hat, doch auch die Wut, die in seinen Augen aufgeflammt ist. Seitdem sind alle in der Cuidad in Bewegung, auch wenn eine tödliche Stille hier herrscht.

Als noch niemand wusste, was genau mit Vidal ist, waren sich Sofia, Suela und Camilla einig, dass dieser Krieg, der neu aufzuflammen droht, unbedingt gestoppt werden muss, doch nachdem die Nachricht über den Fund der Wrackteile sich verbreitet hat, sind auch die neugefundenen Schwestern verstummt. Camilla jedoch versucht, bei all der Trauer einen klaren Kopf zu behalten, es darf zu keinem neuen Krieg kommen.

Sie hat Dante angerufen, Elian hat ein Treffen der engsten Mitglieder einberufen. Er hat ihr versprochen, danach direkt zu kommen. Camilla schiebt das restliche Gemüse in die Pfanne zu dem Hähnchen, stellt den Salat auf den Tisch und sucht in einer Schublade nach Pflastern, als genau in dem Moment die Tür aufgeht und Dante in sein Haus kommt. Camilla blickt auf. »Hey, schon fertig?«

Camilla zieht ein Pflaster heraus, während Dante erschöpft und müde seine Waffe auf den Tisch legt und zu ihr kommt. »Ja … Elian ist … ich erkenne ihn kaum noch wieder. Er hat uns nur gesagt, dass, sobald die Trauerfeier stattgefunden hat, ein Angriff auf die Cinco Sombras vorbereitet werden soll. Er möchte, dass wir uns Gedanken machen, jeder für sich, und ihm dann unsere Pläne mitteilen.«

Dante greift nach Camillas Hand und bindet ihr das Pflaster um den Finger. Wie sehr sie diesen Mann liebt, Camilla sieht seine Trauer und es trifft sie sehr. Sie streicht über seine dunklen Ränder unter den Augen, sie wird nachts immer wieder wach und jedes Mal steht Dante am Fenster und sieht in die Nacht hinaus oder er ist trainieren. »Es tut mir so leid, dass ihr ihn verloren habt.« Camilla meint das von ganzem Herzen, Dante führt ihre Hand an seinen Mund und küsst sie, dabei sieht er ihr in die Augen.

Seine Stimme ist rauer und kratziger, er kämpft wieder gegen seine Gefühle. »Irgendetwas stimmt nicht, Baby, ich kann dir nicht sagen was es ist, aber ich spüre, dass wir etwas Wichtiges übersehen haben. Vidal ist wie … ein Teil von mir. Mein Verstand sagt mir, dass er tot ist und dass ich um ihn trauern soll, doch mein Herz weigert sich, ich habe das Gefühl, dass er noch lebt und dass hier irgendetwas nicht stimmt … ich weiß auch nicht, es ist nur ein Gefühl, aber …«

Camilla tritt enger zu ihm, dabei schaltet sie die Herdplatte aus. »Hast du mit Elian darüber geredet? Ihr solltet diesen Krieg nicht …« Dante stoppt sie schnell. »Dieser Krieg wird stattfinden, egal was ist! In all den Scheiß sind immer die Cinco Sombras mit verwickelt und Elian hat recht, all das hätte schon längst beendet sein sollen, dann wäre vieles nicht passiert!« Camilla schluckt, in Dante steckt so viel Wut, dass es keinen Sinn hat, jetzt auf ihn einzureden. »Du solltest etwas essen, du hast kaum gegessen die letzten Tage.« Dante zieht sich sein Shirt über den Kopf. »Ich habe keinen Appetit, ich will duschen und schlafen, morgen werden wir unsere Rache planen, vielleicht geht es mir danach etwas besser.«

Camilla würde ihm gerne sagen, dass es das nicht wird und all das falsch ist, doch es ist nicht der richtige Zeitpunkt dafür, sie muss unbedingt mit Belinda sprechen und sie warnen. Dante sieht zu ihr hinab und ihr in die Augen. »Es tut mir leid, dass du all das mitbekommst und unsere Verlobung so völlig untergegangen ist. Vidal hat sich sehr für uns gefreut, genau wie Dalila.«

Dante beugt sich zu ihr hinab und küsst sie sanft auf die Lippen, genau wie in den letzten Tagen nur sehr sanft und vorsichtig. Camilla spürt, dass Dante eine Schutzmauer um sich herum aufgebaut hat, vielleicht um nicht zu zeigen, wie sehr ihn all das mitnimmt, er hat sie zwar jede Nacht in den Armen gehalten, doch Camilla hat gespürt, dass er nicht wirklich da war.

Sie schließt die Augen und genießt diese kleine Berührung ihrer Lippen. Als sie sie wieder öffnet, blickt sie Dante wieder in die Augen. Nun ist ihre Stimme nur noch ein leises Flüstern. »Du fehlst mir.« Dante erwidert ihren Blick und Camilla erkennt, dass seine aufgebaute Mauer bröckelt. Sie stellt sich auf die Zehenspitzen und als sie dieses Mal ihre Lippen vereint, bricht die Mauer ein und Dante küsst sie mit solch einer Sehnsucht, mit solch einem Verlangen und vielleicht auch mit einem so heftigen Schmerz, dass Camilla einige Sekunden ins Wanken gerät und sich an Dantes nacktem Rücken festkrallen muss.

»Du mir auch, Baby.« Dante unterbricht den Kuss nur, um Camila ungeduldig weiter zu küssen, er stöhnt auf, als Camilla an seinen Lippen aufseufzt, nachdem seine Hände unter ihr kurzes Kleid fahren und ihren Slip beiseite ziehen. Dante hebt sie hoch, seine Lippen verlassen ihre und fahren ihren Hals entlang, dabei bringt er sie die Treppe nach oben, ungeduldig setzt er sie auf dem Geländer ab, schiebt die Träger des Kleides zur Seite und umfasst ihre Brüste. Als seine Lippen folgen, legt Camilla ihren Kopf in den Nacken und stöhnt auf, was Dante noch mehr erregt und er seine Berührungen so sehr verstärkt, bis Camilla immer lauter wird und kaum noch ihre Augen öffnen kann.

Dante reißt ihr das Kleid vom Körper und sofort fahren seine Hände unter ihren Slip, das Einzige, was sie jetzt noch trägt. Camilla weiß, wieso Dante leise aufflucht, sie ist bereit für ihn, mehr als das und das schon lange. Wieder küsst er sie, wobei seine Finger sich verselbstständigen. »Baby, du machst mich wahnsinnig, ich … kann mich kaum mehr zurückhalten.«

Camilla spürt, wie wahr seine Worte sind, als sie seine Shorts öffnet und unter seine Boxershorts fasst. Dantes Kuss wird fordernder, er hebt sie wieder hoch und bringt sie ins Schlafzimmer, wo er sie auf das weiche riesige Bett ablegt und sich die Shorts und Boxershorts abstreift, Camillas Slip ist in der nächsten Sekunde weg.

Dantes Finger sind so geschickt, dass Camilla sich während ihres Kusses immer wieder unter ihm aufbäumt. Als seine Lippen dann wieder ihre Brust finden, kann sich Camilla nicht mehr zurückhalten. Dante spürt das sofort und seine Lippen fahren weiter hinunter, es dauert nicht lange und Camilla zuckt zusammen, völlig gefangen in den Gefühlen, die Dante in ihr verursacht. Die ganze Zeit hat sie sich an ihm gerieben und nun sind es ihre Lippen, die ihn verwöhnen und auch er lässt kurz danach los. Camilla lächelt zufrieden, als sie sich danach zurücklehnt, noch immer kribbelt alles in ihr, auch Dante ist deutlich zu noch mehr bereit, als er auf sie hinabblickt.

»Ich bin bereit, Schatz, ich werde dich heiraten, ich möchte keinen anderen Mann.«

Camilla hat schon lange keine Scheu mehr, sich so vor Dante zu zeigen, sein Blick wandert an ihr herunter, seine Lippen bedecken ihren Körper mit zärtlichen Küssen, bis er sich ganz auf sie legt und kurz davor stoppt, ihre Lippen wieder zu vereinen. »Nicht so, nicht in solch einer Situation, Baby, das wird etwas ganz Besonderes und hat es verdient, in einer besseren Zeit vollendet zu werden.

Dafür liebe ich dich viel zu sehr, es soll für dich der schönste Tag deines Lebens werden.«

Camilla lächelt, Dante hat recht, er küsst sie noch einmal zärtlich, nicht mehr fordernd, legt sich dann neben sie, zieht sie auf seine Brust und küsst ihre Stirn. »Ich verspreche dir, dass bald wieder alles gut wird.« Camilla schließt die Augen und auch wenn sie weiß, was für Gefahren, was für ein Chaos, welcher Hass und welche Trauer zur Zeit über allem stehen, spürt sie, dass Dantes Worte wahr sind. Es wird alles wieder gut, auch wenn es sicherlich noch Zeit brauchen wird.

Belinda öffnet schnell ihre Augen und sofort nimmt sie das Handy an sich und sieht darauf. Eine Nachricht der Nummer, die sie nicht einspeichern durfte. 'Habe lange geschlafen, mein Herz, jetzt esse ich etwas und versuche, ein bisschen zu recherchieren. Elian hat mir ein Notebook hiergelassen, vielleicht kann ich ihm so ein wenig helfen.'

Kurze Zeit später wieder eine Nachricht.

'Ich kann mir gerade richtig vorstellen, wie du im Bett liegst und schläfst, ich liebe es, dir dabei zuzusehen, es gibt nichts, was mich mehr beruhigt. Ich wünschte, ich wäre bei dir. Vergiss nicht, diese Nachrichten zu löschen.'

Belinda lächelt und ihr Herz hüpft aufgeregt, Vidal und sie haben sich schon immer ein wenig geschrieben, aber er war nie wirklich jemand, der sehr viel geschrieben hat, eher immer so etwas wie 'Ist alles in Ordnung?', 'Gut', 'Okay' und 'Gute Nacht' war schon so etwas wie ein kleiner Höhepunkt, umso mehr freut es sie jetzt, dass er ihr so viel schreibt. Natürlich hat er gerade auch viel mehr Zeit, doch vielleicht hat all der Horror der letzten Tage auch das zwischen ihnen endgültig werden lassen, sie kann es nur hoffen, so hätte all das wenigstens ein klein wenig etwas Positives abgeworfen.

'Ich vermisse dich wahnsinnig, ich wünschte, ich könnte bei dir sein, wie geht es dir? Sind die Schmerzen ein wenig besser geworden?'

Sie sieht, dass die Nachrichten vor zwei Stunden gekommen sind, Belinda wartet kurz, dann löscht sie schnell alles, er wird sicherlich wieder eingeschlafen sein, doch er wird ihre Nachrichten lesen, sobald er wieder wach ist.

Sie denkt kurz darüber nach, auch schnell die Augen wieder zu schließen, doch sie hört Stimmen im Treppenhaus und wird richtig wach. Sie hat Vidal nicht verloren, doch trotzdem ist nicht alles wieder in Ordnung, ganz im Gegenteil. Belinda war so mit ihrer Trauer und Verzweiflung um Vidal beschäftigt, dass sie gar nicht so recht mitbekommen hat, was hier vor sich geht.

Sie sollte sich schleunigst umsehen, umhören und beobachten, wie schlimm es gerade wirklich um die beiden Familias steht, dazu muss sie auch unbedingt mit Camilla, Suela und vielleicht auch Sofia sprechen. Alena sollte sie zurückrufen ... doch bei allem darf sie nicht vergessen, dass sie so tun muss, als würde sie um Vidal trauern und jeder hier hat mitbekommen, wie sehr sie die Nachricht von seinem Tod getroffen hat.

Belinda kennt nun die Wahrheit und sie weiß auch, wie knapp Vidal dem Tod nur entkommen ist, sie hat gesehen, wie viele Verletzungen er davongetragen hat und kann es selbst noch gar nicht fassen, dass er überlebt hat und dass sie gestern Nacht wieder bei ihm war, ihn wieder gespürt hat. Jetzt so zu tun, als wäre er tot ... alleine beim Gedanken daran wird ihr schlecht, doch sie weiß, dass sie sich daran halten muss.

Belinda steht auf, sie geht ins Bad, macht sich frisch, überlegt kurz, sich zu schminken, doch ihre Augen sind von den letzten Tagen noch immer verquollen und rot. Noch immer hat sie einige Wunden, die Benjamin ihr zugefügt hat und jetzt im Spiegel, in dem sie sich das erste Mal seitdem sie wieder von dem Schiff herunter ist, richtig bewusst ansieht, erkennt sie auch, dass sie abgenommen hat.

»Bist du wach, Engel?«

Belindas Vater klopft an der Tür und sie ruft ihm zu, dass sie im Bad ist. Als sie kurz danach aus dem Bad kommt, sitzt ihr Vater auf ihrer Terrasse an einem gedeckten Frühstückstisch. Unglaublich, wie schnell die Haushaltshilfen hier immer sind, sogar ihr Bett ist bereits gemacht. Belinda trägt nur eine kurze Shorts und ein Top, sie zieht sich eine Hoody Jacke drüber und schließt diese, bevor sie zu ihrem Vater auf die Terrasse tritt, der erst in dem Moment sein Handy zur Seite legt, als Belinda ihn von hinten umarmt und einen Kuss auf die Wange gibt.

Ramiro hält Belindas Arme einen Augenblick um seinen Hals und küsst ihren Arm, bevor sie ihn loslässt und sich ihm gegenüber hinsetzt. »Es freut mich, dass es dir wieder besser geht.« Belindas Vater mustert sie von oben bis unten, während Belinda einen Schluck Orangensaft trinkt. Sie beginnt, unruhig auf ihrem Stuhl hin und her zu rutschen, eigentlich dachte sie, Alejandro hätte bereits mit ihm gesprochen. »Ähmm, na ja, eigentlich ...«

Ihr Vater hebt die Hand und lehnt sich zurück, dabei schiebt er Belinda einen Teller mit frischem Obst hin. »Ich weiß, wo ihr gestern Abend wart.« Belinda muss lächeln. »Vidal lebt.« Ihr Vater hebt die Augenbrauen. »Es gab schon bessere Neuigkeiten.« Belinda lässt die Gabel mit der Melone, die sie aufgepiekt hatte, wieder sinken. »Papa, ich ... er ist fast wegen mir gestorben. Ich weiß, dass du das sicherlich nicht gerne hörst, doch wir lieben uns und das nicht erst seit gestern. Das zwischen Vidal und mir ..«

Wieder hebt ihr Vater die Hand und deutet Belinda aufzuhören, dabei schiebt er ihr einen weiteren Teller hin, dieses Mal gefüllt mit Rührei. »... dürfte gar nicht sein, Belinda. Ich hoffe, dir ist klar, dass das niemals eine Zukunft hat. Es mag sein, dass keiner von uns etwas gegen Vidal deswegen unternimmt, zum einen, weil es angefangen hat, bevor ihm klar war, wer du bist, und zum anderen, weil er dich gerettet hat, doch das bedeutet nicht, dass das zwischen euch ... jemals von irgendjemandem hier akzeptiert wird. Das sieht seine Familie garantiert auch so.«

Belinda sieht ihrem Vater in die Augen, Elians Worte schallen in ihrem Kopf wieder und ihr wird erneut bewusst, dass niemand der Familias das zwischen Vidal und ihr wirklich verstehen, geschweige denn unterstützen wird.

Ihr Vater trägt eine Jogginghose und ein weißes Shirt, er ist sicherlich auch noch nicht lange wach und Belinda versteht sofort wieder, wieso ihre Mutter sich in ihn verliebt hat, auch jetzt sieht er noch sehr gut aus und auch wenn es vielleicht gemein ist, ist die Liebe zu ihrer Mutter Belindas bestes Mittel, ihren Vater von etwas zu überzeugen.

»Doch Papa, Alejandro akzeptiert es und was hättest du denn getan, wenn dir damals jemand gesagt hätte, dass du meine Mutter nicht lieben darfst? Genau du musst doch wissen, dass man Gefühle nicht einfach so abschalten kann, nur weil es nicht so passt, wie andere sich das wünschen.« Belinda schiebt die Teller weg und nimmt sich lieber einen Toast, auf dem sie Butter mit Honig zusammen verschmelzen lässt. »Du kannst deine Mutter und mich nicht mit Vidal und dir vergleichen, Belinda, und Alejandro duldet es zur Zeit, das hat nichts mit akzeptieren zu tun. Zwischen dulden und akzeptieren ist ein großer Unterschied.«

Nun ist Belinda diejenige, die ihre Augen zusammenkneift und sie sieht, wie ihr Vater bei diesem Anblick ein wenig weich wird, seine Augen mustern sie und eine liebevolle Wärme strahlt aus dem dunklen Braun. »Bedeutet das, dass ich euch verlassen muss, um Vidal wiedersehen zu können, muss ich mich jetzt quasi entscheiden?« Das Nein ihres Vaters kommt schnell und bestimmend. Er will Belinda nicht verlieren, das weiß sie, doch sie wird Vidal nicht aufgeben.

»Lass uns erst einmal für ein wenig mehr Ordnung und Ruhe sorgen, bevor wir uns mit diesem Thema weiter beschäftigen. Falls du aber glaubst, dass ich Vidal Puentes jemals als meinen Schwiegersohn akzeptieren werde, muss ich dich enttäuschen.«

Belinda weiß, dass sie noch sehr viel für Vidal und sich kämpfen werden muss, doch sie ist bereit dazu, sie wird ihn nicht aufgeben, genauso wenig wie ihre Familie und dass es geht, beide an einen Tisch zu bekommen, hat sie gestern gesehen. Doch sie weiß auch, dass sie dafür viel Zeit, Geduld und auch ein wenig Fingerspitzengefühl brauchen wird, aber vor allem muss sich dafür all das Chaos, was hier zur Zeit herrscht, erst beruhigen.

»Zwischen Schwiegersohn und mal normal miteinander reden ist auch noch ein gewaltiger Unterschied.« Belinda isst den Toast schnell auf und schmiert sich einen neuen, was ihr Vater schmunzelnd zur Kenntnis nimmt.

»Roman und Ponce waren vorhin schon bei dir, alle machen sich Sorgen, du musst aufpassen, wenn das alles noch geheim bleiben soll. Alejandro hat mich in alles eingewiesen, als Dank dafür, was Vidal für dich getan hat ...« Belinda seufzt leise auf. »Er hat sein Leben für mich riskiert, Papa.« Ihr Vater gießt sich Kaffee ein und runzelt die Stirn. »Ja ... das meine ich ja. Dafür werde ich all das noch geheim halten. Alejandro wird sich auf die Suche nach Benjamin machen und ich werde ihn unterstützen. Es wird Zeit, dass wir ihn endlich schnappen! Niemand sonst wird davon erfahren, dass Vidal lebt, damit er die Verräter in seiner Familia entdecken kann, mehr werden wir nicht tun. Wenn das vorbei ist, ist auch unsere Unterstützung vorbei!«

Belinda will ansetzen, etwas zu sagen, doch ihr Vater beugt sich vor und sieht sie ernst an. »Und Belinda, dass ich dieses Wissen nicht nutze und genau jetzt die Puentes dem Erdboden gleich mache, ist auch Teil meines Dankes. Dieser Verrat in den innersten Kreisen ist das Schlimmste, was einer Familia passieren kann, sie sind so geschwächt wie nie zuvor. Zum Glück passiert so etwas nicht in unserer Familia. Es ist allein Vidal und Elian und ihrer Hilfe für Alena und dich zu danken, dass ich dieses Wissen nicht gegen sie verwende!«

Belinda spürt, wie ihr Herz immer schwerer wird, ihre Worte entfallen ihr wieder, sie sieht, wie verbissen ihr Vater gegen den Gedanken kämpft, dass die Liebe zwischen Belinda und Vidal Bestand hat. Als sie zu Boden sieht, räuspert er sich leicht. »Ich weiß, dass das vielleicht hart klingt, Engel, aber ich sage nur, was alle denken. Falls du denkst, dass Vidals Vater dir jemals die Hand schütteln wird, geschweige denn sich dich an der Seite seines Sohnes vorstellen kann, muss ich dich enttäuschen. Glaube mir, ich kenne Gonzales, dieser Tag wird nicht kommen.«

Es klopft und eine der Haushälterinnen bringt einen riesigen Strauß roter Rosen herein. »Das soll ich Ihnen bringen und fragen, ob Sie irgendetwas brauchen.« Sie stellt die Rosen vor ihnen auf den Tisch, Belinda kämpft gegen die Tränen und schüttelt den Kopf. »Nein danke, es ist alles gut.« Die Frau verlässt das Loft wieder und Belindas Vater sieht auf die Rosen. »Ich dachte, das soll alles geheim bleiben?«

Belinda nimmt die Karte, die in der Mitte der Blumenpracht steckt, froh darüber, sich so von den aufkommenden Tränen ablenken zu können. Sie will ihrem Vater nicht zeigen, wie sehr seine Worte sie verletzen, denn damit würde sie zeigen, dass sie an diese Worte glaubt und das tut sie nicht. Sie darf nicht daran glauben. Auf der Karte steht geschrieben: 'Die Welt wird sich weiterdrehen und danach wird sie sogar schöner als jemals zuvor, du musst nur daran glauben. Suerte.'

Belinda liest sich die Worte zweimal durch. Ist das sein Ernst? »Das ist von Suerte ...« Ihr Vater hebt die Hände und lächelt, dabei dreht er sich von ihr weg, zieht dann sein Handy aus der Tasche, um auf die Uhr zu sehen und nimmt sich ein Croissant. »Ihn würde ich sofort als Schwiegersohn akzeptieren.« Belinda lässt die Schultern hängen, es hat keinen Sinn, jetzt weiter darüber zu diskutieren, doch hierbei ist noch nicht das letzte Wort gefallen.

Ihr Vater gibt Belinda einen Kuss auf die Wange. »Ich muss los, am besten bleibst du hier oben, um keinen Verdacht auf dich zu ziehen. Ich komme später wieder. Lass außer deinen Brüdern am besten niemanden zu dir. Alejandro holt gerade April vom Flughafen, dann bist du auch ein wenig abgelenkt ...«

Er ist schon dabei, das Loft zu verlassen und stockt aber noch einmal. »Ich mache das nur, weil ich dich liebe und das Beste für dich möchte, Belinda, ich hoffe, du weißt das.«

Belinda sieht ihm in die Augen und muss an Vidal denken, wie er voller Schmerzen auf dem Bett liegt, alleine, von allen totgeglaubt und das nur für sie. »Ich hoffe, dass du irgendwann verstehen wirst, dass er das Beste für mich ist!«

Kapitel 12

»Es ist wirklich unglaublich, was hier alles passiert, das kann sich nicht mal eine Buchautorin ausdenken, das wäre wirklich einen Film wert.«

April kann nicht anders, als den Kopf zu schütteln. Als sie noch auf dem Weg nach Puerto Rico war, hieß es, Vidal sei tot und Belinda am Ende, nun hat Alejandro sie gerade in alles eingeweiht und April ist schockiert. »Wie kann man nur so leben?« Sie kann nicht einmal so tun, als würde sie all das nicht schrecklich finden. Das Leben hier ist doch der absolute Wahnsinn.

Das erste Mal sieht Alejandro richtig zu ihr. Er kam zu spät und hat ihr nur die Koffer abgenommen, auch sie hat nicht gewusst, wie sie Alejandro begrüßen sollte, doch nach ihrer gemeinsamen Zeit, dem Abschiedskuss am Flughafen und auch den Nachrichten, die sie sich immer wieder schreiben, hätte April ein wenig mehr als das einfache 'Hi' und das Abnehmen der Koffer erwartet.

Im Auto hat Alejandro April dann sofort berichtet, was es Neues gibt und nun sieht er sie das erste Mal richtig an. April erwidert seinen Blick und schüttelt leicht den Kopf. »Wie kommst du mit all-dem klar?« April kann das nicht verstehen. Auf Alejandros Lippen legt sich ein leichtes Lächeln.

»Ich kenne es nicht anders, aber ich merke natürlich, wie schwer all das für jemanden wie Belinda oder dich zu ertragen ist. Du erfährst das alles auch nur, weil ich weiß, dass Belinda eh nicht vor dir verheimlichen kann, dass Vidal lebt und du ja eh kaum mit einem der anderen sprichst. Aber denk daran, nicht einmal Roman und Ponce wissen Bescheid, du darfst darüber kein Wort zu irgendjemandem verlieren.«

April wendet den Blick ab, sie kann es nicht erwarten, Belinda wiederzusehen, die letzten Tage müssen die Hölle gewesen sein. Sie hat nach der Befreiung von Benjamin kurz mit ihr gesprochen, doch durch die Angst, die sie um Vidal hatte, war kein richtiges

Gespräch möglich. Belinda ist schon viel zu tief in all das hier ver-
strickt, um sie hier noch herauszuholen. Auch April kennt bereits
die guten Seiten an Puerto Rico, sie hat die Zeit hier auch genossen, Belindas Familie, die Feste … die Nähe zu Alejandro, doch all
der Wahnsinn, der drumherum passiert, erstickt sie schon beim
Zuhören, schon das ist ihr zu viel. Wäre nicht Belinda, die sie hier
brauchen wird, April würde nicht mehr herkommen.

April räuspert sich und sucht in ihrer Tasche nach Kopfschmerztabletten. »Und du hast jetzt schlechte Laune, weil Vidal doch
lebt?« April kann nicht verhindern, dass sich ihr Kommentar ein
wenig bissig anhört, doch all das erscheint ihr so sinnlos, dieser
komplette Krieg zwischen den Familias, was das alles schon für
Leid hervorgebracht hat und dass niemand hier daraus zu lernen
scheint.

Wieder spürt sie Alejandros Blick auf sich, er rast über die Auto-
bahn, als könne er es nicht erwarten, sie bei Belinda abgeben zu
können. April durchsucht ihre Tasche weiter. »Nein, es ist besser,
dass er lebt, ich hätte nur ungern mit dieser Schuld gelebt, dass er
für meine Schwester sein Leben verloren hat. Doch nun muss ich
das mit Vidal und Belinda dulden und das ist eine dauerhafte Quä-
lerei …«

April gibt auf und schließt ihre Tasche wieder, sie unterbricht
Alejandro.

»Sie lieben sich, Alejandro, da gibt es kein richtig oder falsch, da
denkt man in anderen Dimensionen und ich habe gesehen, wie
sehr Belinda versucht hat, all das zu vergessen und auch, wie viel
den beiden aneinander liegt. Du hast kein Recht, das kaputt zu
machen, nur weil Vidal den falschen Nachnamen trägt!«

Sie sieht zu ihm und blickt ihm wieder in seine dunklen Augen,
sie spürt, dass auch er dazu einiges zu sagen hat, doch offenbar
hält er es für sinnlos und deutet auf ihre Tasche.

»Brauchst du etwas?« April hat auch keine Lust, noch mehr mit
ihm darüber zu diskutieren, sie hat Wut im Bauch über die

Distanz, die wieder zwischen ihnen herrscht und ein Unverständnis über das Leben hier, was sie richtig ermüdet, wenn sie nur anfängt, darüber nachzudenken.

»Ich brauche Kopfschmerztabletten, ich dachte, ich hätte noch welche.« Alejandro wechselt die Spur und fährt an einer kleinen Ausfahrt ab. »Das hätte auch warten können.« Er zuckt die Schultern. »Man kann es aber auch gleich erledigen, du sollst ja bei deinem Puerto Rico-Aufenthalt nicht nur Schlimmes erleben.«

April sieht zu ihm und sofort meldet sich ein kleines schlechtes Gewissen. Sie ist schockiert über das Leben hier, doch haben alle sie auch immer gut behandelt und alles versucht, damit sie sich wohlfühlt.

»So meinte ich das nicht. Es ist nur, dass ich dieses Leben so … erdrückend finde. Es raubt einem die Energie zum Leben, all das was passiert, in Minutenschnelle, du erholst dich von einer Nachricht nur, um gleich eine noch schlimmere zu bekommen. Dann denkst du, es kehrt Ruhe ein und du kannst durchatmen, da rollt eine neue Lawine auf dich zu, das muss doch furchtbar frustrierend sein.«

Alejandro fährt, sobald die ersten kleinen Häuser erscheinen, auf einen großen Parkplatz, die Mittagssonne prallt vom Himmel herab und sie sind das einzige Auto, was hier hält. Es gibt einen kleinen Supermarkt, vor dem auf einer Bank im Schatten zwei ältere Frauen sitzen und sich unterhalten, daneben ist ein kleines Geschäft mit einem grünen Kreuz darauf. Das muss eine Apotheke sein.

»Ich besorge dir welche.« Alejandro steigt aus, nachdem er gehalten hat. April bleibt eine Sekunde sitzen, dann entweicht auch sie dem kühlen Leder und tritt in die Mittagssonne. Es war ein langer Flug und April hat nur eine Jogginghose und ein weißes Top an, sie hat daran gedacht, sich auf dem Flug nochmal zurechtzumachen kurz vor der Landung, doch sie hat bis zur Landung geschlafen und hat nicht einmal Wimperntusche drauf.

Sie bindet sich ihre Tasche um und versucht Alejandro einzuholen, was ihr erst beim Betreten der Apotheke gelingt. »Ich gucke lieber selbst einmal nach, was es hier so gibt. Vielleicht finde ich welche, die ich kenne ...« Alejandro sieht zu ihr hinab und lächelt matt. »Natürlich doch!«

Der Laden hat nur eine Reihe mit Schachteln und vorne an der Kasse noch einiges. April geht, ohne weiter auf Alejandro zu achten, zu dem Regal, sie sieht auf die vielen Namen, versucht mit ihrem Spanisch weiterzukommen, doch schnell merkt sie, dass das nichts bringt und sieht sich nach Alejandro um.

Belindas ältester Bruder steht an der Kasse und unterhält sich mit der Frau hinter der Kasse und sofort beginnt Aprils Magen zu rebellieren. Unterhalten ist zu einfach ausgedrückt, die Frau lehnt auf der Theke, sie ist etwa in ihrem Alter, hat einen tiefen Ausschnitt und drückt mit ihren Ellbogen bewusst ihre Brüste zusammen, während sie sich nach vorne lehnt. Ihre Lippen sind knallrot und alles an ihr schreit Alejandro förmlich an, von ihr Notiz zu nehmen.

April blinzelt und sieht nochmal hin, sie kann das nicht glauben. Alejandro steht zwar mit dem Rücken zu ihr, doch April ist sich sicher, dass er die Frau sehr wohl zur Kenntnis nimmt. Gerade noch hat April Alejandro und sein Leben angeprangert und sich nicht vorstellen können, jemals dieses Leben zu teilen, jetzt kann sie allerdings nicht verhindern, dass sich ihre Wut noch mehr aufbaut und auch noch ein anderes Gefühl, was sie kaum zuordnen kann.

Sie geht nach vorn zu den beiden und nicht mal davon lässt sich die Frau abhalten, wie frech. April könnte Alejandros Freundin sein, sie könnte seine Frau sein, rein theoretisch könnten sie sogar schon zusammen Kinder haben und diese Frau beachtet sie noch nicht einmal.

April stellt sich dicht zu Alejandro und sieht der Frau vor sich in die Augen, erst da registriert sie sie offenbar. Sie hat Alejandro eine Packung hingeschoben, die er jetzt an sich nimmt. Er greift zur

Seite, wo ein Behälter mit Wasser steht und gießt April einen Plastikbecher davon ein, dann öffnet er die Verpackung und gibt ihr eine Tablette, all das unter den wachsamen Augen der Kassiererin, die April wiederum nicht aus den Augen lässt.

»Hier nimm gleich eine, die helfen sehr schnell.« Entweder er bemerkt all das nicht oder es ihm egal. April nimmt die Tablette und trinkt den Becher komplett leer, die Kopfschmerzen pochen in ihrem Kopf. »Danke.«

Sie spürt den Blick der Kassiererin auf sich und stellt sich noch ein wenig näher zu Alejandro, der die Packung einstecken will und einen Schein aus der Tasche zieht.

April sieht, dass auf der Verpackung eine Telefonnummer steht, die Kassiererin muss sie darauf geschrieben haben. April nimmt Alejandro blitzschnell die Verpackung aus der Hand und wirft sie zurück auf den Tresen.

»Wir brauchen die Packung nicht, die Tablette reicht.« Alejandro wendet sich zu ihr um. »Ich habe die Packung gekauft, wer weiß, ob du nicht nachher noch eine brauchst, die Tabletten sind die besten …« Die Kassiererin beginnt zu lächeln und April könnte ihr den Hals umdrehen, wie frech ist diese Frau. »Nein, wir brauchen die wirklich nicht!«

Sie legt ihre Arme um Alejandros Arm, der die Augenbrauen hochzieht. »Schatz.« April lächelt ihn zuckersüß an und Alejandro legt den Kopf ein wenig schief, er sieht auf den Tresen und erst da scheint er auf der Verpackung die Nummer zu entdecken und auf seinem Gesicht bildet sich das süße freche Grinsen, was April bei den Erinnerungen daran immer das Herz schneller schlagen lässt.

»Wie du meinst … Schatz.« Alejandro zieht aus der Packung eine Reihe mit Tabletten, lässt die Packung aber liegen, legt den Schein hin und verabschiedet sich kurz. April tötet die Frau fast mit ihren Blicken und weicht keinen Millimeter von Alejandros Seite, als sie zurück zum Auto gehen.

Sie bemerkt erst jetzt, dass sie noch immer Alejandros Arm hält und lässt ihn abrupt wieder los, er trägt die ganze Zeit dieses Lächeln im Gesicht und als sie seinen Arm loslässt, bleibt er stehen und lacht leise. »Na, aber das kannst du doch überzeugender.«

Alejandro beugt sich zu April herunter und drückt ihr einen sanften Kuss auf die Lippen. April schließt die Augen, als sie ihn wieder so nah spürt. Es gab kaum einen Moment, seit sie sich am Flughafen verabschiedet haben, in dem sie nicht daran gedacht hat und ja, in dem sie es nicht vermisst hat.

Alejandro löst sich sofort wieder, doch das Lächeln auf seinem Gesicht ist verschwunden, er entfernt sich nur Millimeter und scheint genau wie April mit seinen Gefühlen zu hadern, sie sehen sich in die Augen und im nächsten Moment legt April die Arme um Alejandros Hals, seine Arme ziehen sie enger an sich, eine Hand legt sich an ihre Wange und er küsst sie so zärtlich und gleichzeitig sehnsüchtig, dass April alles um sich herum vergisst.

Sie spürt, wie sie an das Auto gedrängt wird, doch sie drückt sich Alejandro nur noch mehr entgegen, seine Hand öffnet ihren Zopf und ihre langen Locken fallen April in den Rücken. Sie kann einfach nicht verhindern, dass ihr Körper bei der Nähe, die sie mit Alejandro teilt, komplett verrückt spielt.

Er trennt den Kuss und küsst sie sofort wieder, erst als Aprils Handy in der Tasche klingelt, kommen sie beide wieder im Hier und Jetzt an. April atmet schneller und Alejandro küsst noch einmal ihre Wange. »War das jetzt glaubwürdig genug?«

Nun lächelt April und stupst mit ihrer Nasenspitze leicht an seine. »Es war sogar ein wenig zu glaubwürdig.« Alejandro lächelt, küsst sie noch einmal sanft und öffnet ihr dann die Tür.

Sobald er sich neben sie gesetzt und Gas gegeben hat, meldet sich Aprils schlechtes Gewissen. Er ist so zuvorkommend zu ihr, sie genießt seine Nähe und sie macht ihn wegen seines Lebens, für das er ja im Grunde wirklich nicht viel kann, fertig. Schon jetzt verschwinden die Kopfschmerzen langsam wieder und April lehnt sich ins weiche Leder zurück. »Es tut mir leid, dass ich vorhin so … es war nicht nett, so über dein Leben zu urteilen.«

Alejandro gibt wieder Gas, sobald sie auf die Schnellstraße kommen, er lächelt und legt seine Hand auf ihren Schenkel, es sollte nur eine kleine Geste sein, doch April legt ihre Hand auf seine, und plötzlich hat diese kleine Geste etwas sehr Vertrautes.

»Das muss dir nicht leid tun, mein Leben ist … nicht nett!« April sieht zu ihm, doch Alejandro blickt vor sich auf die Straße, seine Hand lässt er aber unter ihrer auf ihrem Schenkel liegen.

April würde gerne etwas sagen, doch sie schluckt nur einmal und sieht dann aus dem Fenster, während sie ihre Finger miteinander verschränkt, sie kann dagegen nichts sagen, sein Leben ist wirklich alles andere … nur nicht nett!

Auch die kalten Tropfen aus der Dusche bringen keine richtige Abkühlung. Lilly stellt den Strahl noch ein wenig kälter und keucht erst erschrocken auf, doch dann schließt sie die Augen und genießt das kalte Nass.

Die letzte Nacht war so schwül, entweder ist es gerade extrem heiß in Puerto Rico oder Lilly ist diese Wärme wirklich nicht mehr gewöhnt, kann sich ein Körper denn so schnell von etwas entwöhnen?

Lillys Körper trägt noch das zufriedene Summen der letzten Nacht in sich. Die ganzen letzten Tage waren einfach nur wunderschön, Santos hatte viel zu tun, doch er hat sich trotzdem immer viel Zeit für sie genommen. Sie waren essen, sind mit dem Boot hinausgefahren, waren shoppen und gestern Abend haben sie zusammen mit Alejandro und Belindas Freundin April zu Abend gegessen.

Belinda selbst hat Lilly nur ganz kurz gesehen, ihr geht es nach der Entführung und dem Verlust des Mannes, den sie ganz zum Ärger ihrer Brüder geliebt hat, noch gar nicht gut und sie schläft viel, doch Alejandro hat wenigstens April dazu überreden können.

Sie haben in Alejandros Garten gegessen, es war wirklich sehr schön, die beiden Brüder haben diese kleine Auszeit richtig genossen und Lilly war sehr erstaunt zu sehen, wie aufmerksam und liebevoll Alejandro zu April war.

Santos hat schon angedeutet, dass Alejandro offenbar Interesse an Belindas Freundin hat, doch Lilly konnte kaum glauben, was sie da gestern gehört und gesehen hat.

Es verwundert Lilly nicht, April ist wahnsinnig hübsch, eine sehr exotische Frau, trotzdem hätte Lilly niemals gedacht, dass Alejandro sich für eine Frau so bemühen würde.

Doch Dinge ändern sich, auch Santos scheint sich verändert zu haben. Lilly hat ihn gestern, als er noch einmal weg musste, zweimal angerufen und er hat jedes Mal das Gespräch angenommen. Früher hat er das nie getan. Wenn er unterwegs war, war es eher eine Glückssache, ihn mal ans Telefon zu bekommen und Lilly kann nichts dagegen tun, diese komischen Gefühle kommen wieder in ihr hoch.

Was ist, wenn er doch noch einen Abstecher zu einer Party macht? Was, wenn er doch nicht die Finger von anderen Frauen lassen kann? Lilly möchte das nicht, sie weiß, dass sie so wahrscheinlich keine normale Beziehung mehr führen können. Santos wird wahrscheinlich denken, sie sei total paranoid, auch wenn er gestern nichts gesagt hat.

Er ist direkt zu ihr ins Bett gekommen, als er nach Hause kam, hat sie in die Arme genommen und ihr gesagt, dass er sie liebt, ansonsten hat er nichts gesagt, sie haben sich geliebt, wie so oft die letzten Tage und Lilly kann immer noch nicht glauben, dass sie es wirklich so lange ohne ihn ausgehalten hat. Sie würde keine Sekunde an seiner Liebe zweifeln, an seiner Treue leider schon. Lilly weiß einfach nicht, ob sie das jemals in den Griff bekommen wird.

Sie stellt die Dusche ab, wickelt sich ein großes weiches Handtuch um und kämmt sich ihre nassen Haare durch. Also ist sie beides, überglücklich und gleichzeitig auch wahnsinnig frustriert.

Lilly tritt aus dem Bad ins Schlafzimmer, als sie wach wurde, war Santos schon weg, sie hat ihn allerdings unten telefonieren gehört, jetzt ist es aber sehr ruhig im Haus.

Lilly zieht sich einen Bikini und eine kurze Jeansshorts an. Wenn Santos weg ist, wird sie den Vormittag erst einmal am Pool verbringen und sich um ein paar Sachen für das nächste Semester kümmern.

Lilly verdrängt die Gedanken daran, ob sie nach den Semesterferien zurück nach Frankreich kehren oder hier bleiben wird. Für Santos steht das außer Frage, sie ist sich momentan einfach nicht sicher, sie würde es wirklich gerne schaffen, doch sie weiß nicht, ob sie es können.

Als sie die Treppen ins Erdgeschoss hinabgeht, riecht sie schon den morgendlichen Duft von Kaffee, frischem Toast und Eiern. Allerdings ist niemand im Haus.

Lilly entdeckt Santos am gedeckten Tisch im Garten, er trägt nur seine Boxershorts, er sitzt mit seinem Körper dem Pool zugewandt, das Handy liegt neben ihm, doch Santos sieht auf den Pool und scheint in seinen eigenen Gedanken gefangen zu sein.

Als Lilly in den Garten tritt, blickt er auf und ein liebevolles Lächeln bildet sich auf seinen Lippen. Sie liebt diesen Mann einfach, alles an ihm, sie sieht auf seinen durchtrainierten Körper, die Tattoos, die goldbraune Haut, die vom Schlafen verwuschelten Haare und weil Lilly ihn eben schon so gut kennt, sieht sie auch die Sorgen in seinen dunklen wunderschönen Augen.

Er wird sich Gedanken wegen gestern machen und wegen Lillys Misstrauen, das würde jeder.

»Guten Morgen, Engel.«

Lilly beugt sich über Santos' Stuhl und küsst ihn kurz auf den Mund, er aber zieht sie so auf seinen Schoß, dass sich ihre Nasenspitzen fast berühren. »Guten Morgen.« Lilly lacht leise und gibt ihm einen ausgedehnteren Kuss. »Du hast sehr unruhig geschlafen.« Das ist noch harmlos von Santos ausgedrückt.

»Die Hitze bringt mich um.« Santos streicht mit seinen Händen über ihren Rücken. »Willkommen zurück in Puerto Rico. Ich habe gedacht, wir packen ein paar Sachen zusammen und fahren in eines der kleinen Strandhäuser am Wasserfall. Was denkst du?«

Lilly liebt diesen Ort, zwei Stunden von der Cuidad entfernt, am äußersten Ende Puerto Ricos, es ist das Paradies. »Ich denke, du hast momentan so viel zu tun? Alejandro hat sich gestern so angehört, als müsstet ihr momentan alle hier bleiben.«

Santos lehnt sich zurück, seine Hände legen sich auf ihre Oberschenkel. »Es sind nur ein paar Tage und das zwischen uns ist mir zu wichtig, um das jetzt zu vernachlässigen, das weiß Alejandro auch.« Lilly nickt und sieht Santos in die Augen, sie räuspert sich.

»Wegen gestern … ich wollte dir nicht auf die Nerven gehen, es ist nur so, dass wenn du weg bist, kommen Gedanken in mir auf, die völlig übertrieben sind und …«

Santos kommt wieder enger zu ihr und küsst sie liebevoll und stoppt somit zärtlich ihren Erklärungsversuch. »Das ist in Ordnung, alles was du brauchst, um mir irgendwann wieder komplett vertrauen zu können, mach dir deswegen keine Gedanken, Engel.

Ich werde nicht aufgeben, dafür zu sorgen, dass das, was wir jetzt wieder haben, bleibt … für immer, also nimm dir die Zeit und tue alles, um dich so sicher wie nur möglich zu fühlen.«

Lilly lächelt, sie sieht die Zuversicht in Santos' Augen und hofft, dass sie diese auch bald haben wird. »Ich liebe dich.« Er küsst ihre Wange, dann ihren Hals und bei Lilly bildet sich eine Gänsehaut. »Ich dich auch … vielleicht sollten wir, bevor wir losfahren, noch einmal kurz …«

Santos' Hände gleiten unter ihren Jeansrock und Lilly seufzt leise auf, sie schließt die Augen, genießt die Zärtlichkeiten und Santos' Liebe und weiß, dass das sicherlich nicht nur kurz wird.

Kapitel 13

»Bist du dir sicher, dass das klappt?« Belinda sieht zu, wie April Nadeln in das Gesicht gesteckt werden und sieht ihre Freundin mitleidig an. »Absolut, jetzt zieh dir das über und mach schon, je länger du hier bleibst, umso weniger Zeit bleibt euch.« Belinda steht unsicher im Rahmen zum Badezimmer und drückt die Tüte an sich, die sie gerade aus Aprils Tasche genommen hat.

Sie sind in einer Klinik, die Akupunktur, Massagen und alles rund um die alternativen Medizinmethoden anbietet. April ist jetzt zwei Tage bei ihr. Sie haben die Zeit genutzt, viel geredet, sich bei Belinda im Loft verkrochen, doch April ist nicht entgangen, wie viel Sorgen sich Belinda um Vidal macht.

Sie schreiben mehrmals am Tag. Doch es sind sehr lange Pausen dazwischen, Vidal scheint noch sehr geschwächt zu sein. Wenn Belinda nachfragt, was mit seinen Wunden ist, lenkt Vidal immer ab. Elian bereitet gerade einen Hinterhalt vor. Er hat angefangen, falsche Informationen an seine Cousins zu geben und wartet auf eine Reaktion, ein Zeichen, dass einer von ihnen mit Benjamin im Kontakt steht, doch noch gibt es keinerlei Anzeichen dafür.

Auch wenn sie nur schreiben, merkt Belinda, wie schwer Vidal allein der Gedanke fällt, einer von ihnen könnte sie hintergehen. Er sagt, dass Elian den anderen kaum in die Augen blicken kann, sie jetzt so zu testen und ihnen die Wahrheit mit Vidal vorzuenthalten. Allein der Verdacht den anderen gegenüber ist für die beiden Brüder so schwer zu ertragen, dass sie kaum damit umgehen können, doch wenn sie die Wahrheit erfahren möchten, haben sie keine Wahl.

Belinda möchte Vidal unbedingt sehen, wenn auch nur für ein paar Minuten, denn sie muss sich vergewissern, dass es ihm gut geht, dass seine Wunden heilen und dass er wirklich langsam wieder zu Kräften kommt, wie er es ihr immerzu versichert.

April hatte sofort eine Idee, doch bei der Umsetzung jetzt bekommt Belinda doch Bedenken, es steht zu viel auf dem Spiel. »Nun mach schon. In zwei Stunden werden wir hier erst abgeholt, du hast doch das Gesicht von Ponce gesehen, der kommt nicht freiwillig hierher. Santos ist mit Lilly weg und Alejandro jagt Benjamin und ist vor dem Abend nicht zurück, wenn nicht jetzt, wann dann? Du musst einfach ganz genau aufpassen, du schaffst das schon.«

Belinda nickt, sie geht in das kleine Bad, während die Frau, die weder spanisch noch richtig englisch spricht, April mit Akupunkturnadeln bestückt. Sie haben erzählt, dass Aprils Kopfschmerzen nicht besser werden. April besucht auch in Portland solche Zentren, sie schwört auf die Theorie der Ärzte, dass alles im Körper miteinander zu tun hat und dass man versuchen soll, eine ganzheitliche Heilung zu erreichen.

Ponce und Alejandro haben heute Morgen nur die Augen verdreht, als April ihnen einen Vortrag über all das gehalten und auch gesagt hat, wie gut es Belinda in ihrem momentan Zustand tun wird. Alejandro weiß zwar, dass sie es nicht wirklich braucht, doch ihre Brüder haben nichts weiter gesagt, als sie den Termin gemacht haben. Ponce hat sie hergebracht, sich die weihrauchdurchtränkten Räume angesehen und ist schnell wieder gegangen.

Aprils und Belindas Behandlung dauert zwei Stunden, nur dass Belinda einfach nur das Geld bezahlt hat und jetzt verschwinden wird. April war gestern einkaufen, sie hat in der Eile zu wenig Klamotten eingepackt. Alejandro hat sie gefahren und während er ihnen etwas zu essen besorgt hat, hat April Belinda eine perfekte Verkleidung besorgt.

Auch bei ihnen in Puerto Rico gibt es einige muslimische Frauen, manche von ihnen tragen ein Kopftuch, einige auch einen leichten Gesichtsschleier, hier im streng katholischen Land darf jeder seine Religion ausleben, wie er es möchte. Natürlich trifft man nicht so oft auf solche Frauen wie zum Beispiel in großen Städten wie Portland, doch man sieht sie hin und wieder. April hat einen Laden für diese islamische Bekleidung gefunden und fand diese Idee sofort großartig.

Belinda zieht den langen Überrock über ihre kurze Shorts, das lange Überkleid über ihr enges Top. Sie bindet sich den Schleier so, wie sie es in einem Video gesehen haben und als sie danach zu April ins Zimmer tritt, hebt diese begeistert den Daumen, während die Frau, die ihre Freundin noch immer mit Nadeln bestückt, völlig entgeistert zu Belinda sieht.

Doch April hat recht, man sieht nur noch Belindas Augen und sie fühlt sich sicher, sie sieht auf die Uhr und geht durch einen Hinterausgang aus der kleinen Klinik. Sie läuft durch zwei Seitenstraßen, niemand beachtet sie, alle ignorieren sie komplett. Belinda sieht sich immer wieder um, doch niemand folgt ihr, wie auch, niemand würde sie hierunter vermuten.

Erst als sie sich etwas von der Klinik entfernt hat, ruft sie sich ein Taxi heran. Sie sagt dem Fahrer, dass sie kurz vor dem Hafen herausgelassen werden möchte. Nicht mal fünf Minuten später hält er bereits und Belinda läuft durch mehrere kleine Gassen und einigen Umwegen zu dem Lagerraum ganz am Ende des Hafens.

Hier ist keine Menschenseele, weiter weg fängt das bunte Treiben erst an, doch trotzdem blickt Belinda sich mehrmals um, immer wieder, bis sie absolut sicher ist, dass da auch niemand ist, erst dann schlüpft sie durch die Tür in das Lager der Puentes. Es ist nicht abgeschlossen, Belinda fragt sich, wie Elian und Vidal so leichtsinnig sein können oder wie sicher sie sich sein können, dass hier niemand herkommt.

Sobald sie die Tür wieder hinter sich geschlossen hat, atmet sie tief ein und nimmt den Schleier ab. »Vidal?« Sie geht nach oben, doch bevor sie dort angelangt ist, kommt Vidal an den Treppenabsatz und starrt zu ihr hinunter. »Was tust du hier? Belinda, du weißt doch … was hast du da an?« Belinda ist einfach nur unendlich erleichtert, wieder bei ihm zu sein. Sie zieht sich das Oberkleid aus, noch bevor sie bei ihm ist, dann gleitet sie blitzschnell in seine Arme, die Vidal trotz aller Verwunderung sofort für sie öffnet.

»Ich habe aufgepasst, niemand hat mich gesehen.« Vidal hält Belinda fest an sich, sie schließt die Augen und genießt seinen vertrauten Duft, seine Haut ist noch feucht und kühl, als hätte er gerade erst eine Dusche genommen. »Es ist zu gefährlich, Belinda, was hast du da an?« Belinda weicht leicht aus Vidals Umarmung, um ihn sich anzusehen.

Der Anblick vor einigen Tagen hat sie gequält, es gab kaum eine heile Stelle an seinem Körper. Nun sieht er ein wenig besser aus, aber wirklich nur ein klein bisschen. Sein Gesicht wirkt etwas ausgeruhter, seinen Körper aber zieren noch immer viele Schrammen, rote Stellen, blaue Flecken, Platzwunden.

Vidal trägt keinen Verband mehr, er hat nur eine Boxershorts an und Belinda sieht nun die Schusswunde am Bein, sie sieht noch sehr rot und entzündet aus. »Ich wollte mich gerade neu verbinden.« Vidal muss sehen, wie sehr Belinda dieser Anblick quält. »Leg dich hin, ich mache das.« Vidal kehrt in die kleine Wohnung zurück, Belinda folgt ihm und sieht sich sofort um.

Es herrscht ein kleines Chaos, Klamotten liegen herum, viele Pappschachteln von Tiefkühlpizza, Süßigkeitenverpackungen, Wasserflaschen und Coladosen, die Obstschale ist leer, aber ansonsten scheint er alles zu haben. Belinda hat sich heimlich alles eingepackt, was sie für eine Hühnersuppe braucht, sie hat das Rezept von ihrer Mutter und weiß, dass diese Suppe Wunder wirkt.

Während Vidal sich mühevoll aufs Bett hievt, schiebt Belinda die schmutzige Wäsche zusammen, sie geht ins Bad, lässt Wasser in die Badewanne und legt die Wäsche hinein, dann beseitigt sie das gröbste Chaos, während sie Vidal genau erzählt, wie sie es hergeschafft hat und was sie die letzten Tage getan hat.

Diese Wohnung ist nicht dazu gedacht, hier zu leben, aber immerhin gibt es einen kleinen Herd, einen Topf und einige Teller, Messer, Gabeln und Löffel. Belinda setzt das Wasser an und tut alle vorbereiteten Zutaten in den Topf, dazu schneidet sie das frische Brot, was sie heute mitgenommen hat und füllt die Obstschale neu auf. Sie hat noch einige Joghurts und Milch dabei, mehr hat nicht in ihre Tasche gepasst, ohne dass es zu auffällig gewesen wäre.

Vidal sagt kein Wort, er beobachtet sie und hört ihr zu, als Belinda dann noch schnell ins Bad geht und mit Seife die paar Kleidungsstücke auswäscht, die Vidal hier herumzuliegen hat, erzählt sie ihm auch von dem Gespräch mit ihrem Vater und wie sehr er gegen ihre Beziehung ist.

Belinda ist froh, Vidal dabei nicht ansehen zu müssen, sie will nicht, dass er sieht, wie sehr sie das belastet, nicht jetzt, wo doch so viel wichtigere Dinge zu bewältigen sind. Belinda hat sich beeilt, doch sie muss trotzdem in einer halben Stunde schon wieder los. Sie hängt die Wäsche zum Trocknen über die Duschstange, wäscht sich die Hände und geht zurück in das Zimmer, in dem Vidal auf dem Bett liegt.

Er sieht müde aus, sein Körper wird noch einiges an Ruhe brauchen, Belinda sieht ihm in die Augen, wie sehr sie diesen Mann liebt. »Dein Vater wird sich damit abfinden müssen, genau wie alle anderen, vertrau mir, Belinda. Das zwischen uns wird niemand mehr zerstören, dazu hat niemand die Macht!« Auch wenn sie seinen Worten nicht so ganz glauben kann, lächelt sie, er braucht seine ganze Kraft für die Heilung und sollte sich mit so wenig Dingen wie nur möglich belasten.

Sie geht zu ihm ans Bett, nimmt die vielen Salben und Verbände und deutet ihm, sich aufzusetzen. Als er zurück ins Zimmer gegangen ist, hat sie die Brandverletzungen an seinem Rücken gesehen, sie müssen verbunden werden, auch diese Wunden sehen sehr entzündet aus.

Vidal setzt sich auf und Belinda setzt sich hinter ihn, sie tupft die Wunden trocken, die Mutter von Vidal hat ein entzündungshemmendes Puder hiergelassen, das Belinda vorsichtig auf die Wunden streut, die sie dann mit großen Kompressen und Pflastern abdeckt. Danach legt sie ihm mehrere weiche Kissen in den Rücken, damit er mit seinen Wunden nicht auf der Matratze liegen muss. Belinda küsst zärtlich Vidals Schultern und die wenige heile Haut. Der Gedanke, dass er all das nur ihretwegen erlitten hat, frisst sie auf.

Sobald ihre Lippen seine Haut berühren, bildet sich eine Gänsehaut auf seinem Körper. Belinda steht auf und Vidal lehnt sich nach hinten. Nun setzt sich Belinda auf sein Bett zwischen seine Beine und das erste Mal küsst sie ihn richtig auf den Mund. »Meine mutige Haremsfrau.« Sie lächelt matt und sieht sich die Wunden auf seiner Brust an. »Lass alles frei, so heilt es am besten ab, nur die Schusswunde muss verbunden werden.« Belinda winkelt Vidals Bein an, sie versorgt auch diese Wunde und bindet danach einen weißen Verband um sein massiges Bein. Vidal erzählt ihr währenddessen, wie schwer es Elian gerade fällt herauszubekommen, wer sie hintergeht, schwer einfach daher, da er es nicht glauben kann, nicht glauben will. Für Vidal ist es nicht leicht, seinen Bruder mit alldem alleine zu lassen, doch sie haben momentan keine Wahl.

Belinda legt alles wieder zurück auf den Schreibtisch, Vidal öffnet seine Arme und sie kuschelt sich darin ein. Einen winzigen Augenblick sind sie beide leise. Vidal küsst ihre Stirn und Belinda schließt die Augen, um zu verhindern, dass sie Tränen verliert, die sich in ihren Augen bilden. Sie ist so erleichtert, dass Vidal lebt, sie hatte das Gefühl, man hätte ihr das Herz aus der Brust gerissen und nun schlägt es wieder, trotz all dem Chaos fühlt es sich wunderbar an.

»Weine nicht, mein Herz, du sieht doch, dass langsam alles wieder gut wird.« Belinda nickt und hebt ihren Kopf so, dass sie ihm in die Augen sieht, er hat ihre Tränen bemerkt. »Ich weiß, ich bin nur so ... ich weiß nicht, wie ich es ausgehalten hätte, wenn du das nicht überlebt hättest, wenn du wirklich ...« Vidal beugt sich hinunter und küsst sie, dieses Mal etwas länger. »Ich bin aber nicht gestorben und ich werde nie wieder zulassen, dass uns etwas trennt, vertrau mir. Ich war mir noch nie bei etwas so sicher wie dabei, dass du an meine Seite gehörst und ich hatte viel Zeit, darüber nachzudenken.«

Belinda lächelt, ihre Hand streicht über seine Wange und sie beugt sich dieses Mal nach oben, um ihn zu küssen. Sie ist vorsichtig, sie möchte Vidal nicht noch mehr Schmerzen zufügen, doch Vidal küsst Belinda schnell so fordernd und sehnsüchtig, dass sich in ihrem Bauch alles zusammenzuziehen beginnt.

Sie beide atmen schneller, als Vidal den Kuss löst. Seine Hand wandert zu ihrem BH unter ihr Top und ohne Probleme öffnet er ihn. Als seine Finger ihre Brust langsam zu massieren beginnen, setzt sich Belinda mehr auf, vorsichtig, um ihn nicht zu verletzen, doch schnell spürt sie, dass Vidal bereits zu viel mehr bereit ist. »Du hast keine Vorstellungen davon, wie sehr du mir gefehlt hast.« Vidal löst ihren Kuss nur kurz. »Doch, das habe ich, auch wenn ich sehr sauer war, habe ich dich wahnsinnig vermisst und das hat mich noch wütender werden lassen.« Belinda lacht leise, bis seine Hand eine Stelle trifft, die sie aufstöhnen lässt.

»Du bist verletzt ...« Belinda schließt die Augen und als Vidals Hände weiter wandern, berührt sie auch ihn, wobei er leise aufflucht. »Vorsichtig, meine Hübsche, es kommt mir ewig vor, dass ich dich so gespürt habe und da ich, seit ich dich kenne, ja komplett auf andere Frauen verzichte, hat sich einiges angestaut, da sind mir alle Verletzungen egal, oder denkst du nicht?« Belinda kann nicht mehr antworten, seine Hand schlüpft unter ihre Shorts und auch Belinda hat viel zu lange auf diese Nähe verzichtet, um jetzt nicht all das zu genießen und aufzuseufzen.

Sie entzieht sich ihm nur, um sich auf dem Bett aufzustellen, unter seinem Blick zieht sich Belinda die Shorts und den Slip aus, das Top und den BH, der Blick auf die Uhr zeigt, dass sie nicht mehr viel Zeit haben, doch diese Minuten müssen sie komplett genießen.

Als Belinda sich setzen will, hält Vidal sie auf und zieht sie zu sich, sodass er sie verwöhnen kann, ohne sich zu viel bewegen zu müssen. Belinda schließt die Augen, findet Halt an der Wand und als sie sich kurz danach ganz auf Vidal niedersetzt und sie beide miteinander vereint, wünschte sie, diese Minuten würden sich in Stunden verwandeln.

Doch es dauert wirklich nicht so lange und Belinda liegt schwer atmend aber überglücklich und zufrieden auf Vidals Brust. Auch er muss erst wieder zu Atem kommen, wird aber nicht müde, sie zu küssen und an sich zu halten. Belinda muss wirklich los, sie küsst noch ein paar Mal seine Lippen, dann wäscht sie sich schnell und zieht ihre Kleidung und das Gewand über, das ihre Identität verbirgt. Vidal beobachtet es amüsiert, ihm scheint die letzte Stunde auch sehr gut getan zu haben. Belinda fühlt sich schon viel besser, lebendiger, Vidal lässt sie sich lebendig fühlen.

Belinda muss versprechen, nicht noch einmal solch ein Risiko einzugehen und auf jede Kleinigkeit zu achten. Er sagt ihr, dass er sich ständig Gedanken macht, überlegt, was er noch nicht bedacht hat, was er von Benjamin mitbekommen hat, was sie alle weiterbringt und als er davon spricht, lässt auch Belinda noch einmal alles an sich vorbeiziehen. Sofort steigt eine ungeheure Übelkeit in ihr hoch, doch als sie sich über Vidal beugt und ihn zum Abschied küssen will, fällt ihr doch noch etwas ein. »Er hat oft von einer Alina gesprochen, von einem Heim, irgendwie so etwas.« Vidal legt den Kopf schief. »Alina? Keine Ahnung, wer das sein soll, ich gebe das aber Elian weiter. Sage das unbedingt auch Alejandro, hörst du, vielleicht kann er damit etwas anfangen.«

Belinda nickt und nimmt ihre Tasche, sie hat den Herd ausgestellt und Vidal einen Teller Suppe gefüllt, er kann sie gleich essen.

»Ich liebe dich, Vidal.« Sie küsst ihn und er legt seine Hand an ihre Wange. »Ich dich auch und mach dir keine Gedanken mehr über uns beide und was in Zukunft passiert, das hier wird niemand zerstören.« Belinda küsst ihn noch einmal, dann geht sie die Treppen hinunter, schlüpft vorsichtig aus dem Haus und läuft schnell durch mehrere kleine Straßen, bis sie sich ein Taxi ruft. Erst als sie darin sitzt, atmet sie tief aus. Auch wenn sich Vidals Worte so schön anhören, Belinda kann sie einfach nicht ganz glauben, nicht bei all dem Hass zwischen den Familias.

Belinda lässt auch im Taxi den Schleier vor dem Gesicht und spricht mit dem Fahrer nur auf englisch. Wahrscheinlich ist es viel zu übertrieben, doch sie möchte kein Risiko eingehen. Deswegen lässt sie sich auch zum Hintereingang des Krankenhauses fahren, dieses Mal genau davor, sie bezahlt und huscht so schnell in das Gebäude, dass es niemand weiter auffallen dürfte, zumal die Straße komplett leer ist.

Belinda beeilt sich, in das Zimmer von April zu kommen, die schon wieder normal angezogen ist und der gerade nur noch die Hände massiert werden. Sie lächelt ihre Freundin an, nachdem sie den Schleier abgenommen hat, eilt ins Bad und zieht sich schnell die Sachen aus, genau in dem Moment hört sie Alejandros Stimme. »Seid ihr fertig? Wo ist Belinda?«

Das war sehr knapp, Belinda stopft ihre Verkleidung in die Ecke des Bades und kommt schnell heraus. »Ich bin fertig, wir können los!«

Alejandro hegt keinen Verdacht, er ist aber auch viel zu beschäftigt, um über so etwas nachzudenken. Er kommt gerade aus einer Gegend, in der mal ein Versteck von Benjamin gewesen war, doch seiner Laune nach zu urteilen war es umsonst. Er erklärt, dass er gleich wieder weg muss, doch er wollte sie noch zu Hause absetzen. Ponce hat vorhin schon gemeint, er finde, Belinda gehe es schon wieder viel besser und Alejandro möchte nicht, dass doch noch jemand Verdacht schöpft, deswegen ist er lieber selbst gekommen.

Belinda schlägt gerade vor, Pizza zu holen und sich mit April die neue Staffel ihrer Lieblingsserie anzusehen, als sie beim Verlassen der Klinik fast in eine hübsche dunkelhaarige Frau hineinlaufen. »Alejandro, was für eine Überraschung. Bist du doch noch auf den Geschmack gekommen?« Die Frau schenkt Belindas Bruder ein Lächeln, sie ist hübsch, doch in Alejandros Gesicht erkennt Belinda sofort, dass er sie nicht sofort zuordnen kann.

»... Cassy ... lange nicht mehr gesehen, wie geht es dir?« Sie lacht leise, sicherlich weiß sie, wie schnelllebig Alejandro ist. »Sehr gut, ich arbeite hier, du erinnerst dich sicherlich noch an meine Massagen ...« Alejandro hebt die Augenbrauen. »Wie sollte ich nicht?« Sie lacht zufrieden auf und deutet zu Belinda und April.

»Hast du mittlerweile etwa eine Freundin?« Alejandro sieht zu den beiden und dann wieder zu der Frau. »Nein nein, das sind meine Schwester Belinda und ihre Freundin April ...«

Erst jetzt denkt Belinda an April und wendet sich zu ihrer besten Freundin um. April sagt, dass sie und Alejandro etwas haben, sie hat keine Hoffnung auf etwas Festes, doch wenn sie jetzt sieht, wie April wütend und auch etwas enttäuscht zur Seite sieht, so als wolle sie diesen kleinen Flirt hier nicht mitbekommen, hofft April wohl doch auf etwas mehr.

Die Frau legt den Kopf lasziv zur Seite. »Ich massiere hier, wenn du möchtest, kannst du dir einen Termin bei mir buchen.« Belinda würde am liebsten die Augen verdrehen, sie geht zwei Schritte zurück zu April, hakt sich bei ihr ein und geht an den beiden vorbei, dabei schubst sie die Frau ein klein wenig zur Seite, nur leicht, doch auch nicht ganz ohne Absicht.

»Wir warten im Auto!« Belinda weiß nicht, ob Alejandro wirklich etwas mit der Frau ausmacht, sie wechseln noch ein paar Worte, dann folgt er ihnen und Belinda flüstert April zu, dass sie das nicht zu ernst nehmen soll, doch April sagt gar nichts mehr dazu. Sie setzt sich nach hinten neben Belinda und sieht während der gesamten Fahrt aus dem Fenster. Da muss Belinda wohl doch noch einmal genau nachfragen, sobald sie alleine sind.

Eine Weile sagt keiner von ihnen mehr etwas, bis Alejandro mit jemandem am Telefon bespricht, wo sie als nächstes suchen wollen, er erwähnt extra, dass die Wahrscheinlichkeit, dass Benjamin noch lebt, wenn Vidal tot ist, sehr gering ist, doch er möchte einfach kein Risiko eingehen. Belinda hofft, dass niemand hier Verdacht schöpft und ihr fällt wieder ihr Gespräch mit Vidal ein.

»Was mir wieder eingefallen ist, Benjamin hat immer wieder von einer Frau gesprochen, seiner großen Liebe, vielleicht ist er zu ihr geflohen, einmal hat er den Namen Alina und ein Heim erwähnt.«

Ihr Bruder hält gerade an der Ampel und die Art, wie er sie durch den Rückspiegel ansieht, flucht und zum Handy greift, zeigt ihr, dass er sehr wohl etwas mit dem Namen Alina anfangen kann.

Alena ist müde, es fällt ihr sehr schwer, die Augen offen zu halten. Nach solch einem Vormittag, wenn sie mehrere Stunden Therapie und Narbenbehandlung hinter sich hat, fühlt sie sich immer ausgelaugt. Sie spürt selbst, dass ihr all das guttut. Sie sieht im Spiegel, wie allmählich alles zu heilen beginnt, sie kann langsam wieder allein einschlafen und gerät auch nicht sofort in Panik, wenn sie wie jetzt in ihr leeres Zimmer zurückkehrt, doch dass sie wirklich jemals wieder geheilt wird, bezweifelt sie stark.

Vielleicht kann man sie wieder so herrichten, dass sie einigermaßen weiterleben kann, doch sie wird niemals ein normales Leben führen, heiraten, Kinder bekommen, Nähe zulassen … automatisch wandern ihre Gedanken zu Elian. Wie oft hat sie an ihn gedacht, seitdem sie hier ist? Eigentlich ständig, immer, bevor sie einschläft, erinnert sie sich an den liebevollen Kuss, den er ihr zum Abschied geschenkt hat, auch an seine Worte … diese Erinnerungen wärmen sie.

Noch immer trägt sie die Kälte in sich, die sie in diesem Affengefängnis in jeder Sekunde gespürt hat, egal ob sie festgeschnürt oder am Metalltisch festgebunden war. Es ist eine bittere Kälte, die auf und in ihrem Körper liegt und ein bitterer Geschmack von Blei und Schwefel, Blut und Schweiß steigt in ihren Mund und auf ihre Zunge … doch wenn sie an Elian denkt, dann schafft sie es, all das zu verdrängen und das reicht ihr und macht sie glücklich.

Sie hat keine Hoffnungen auf mehr, sie weiß, dass sie Elian nie wiedersehen wird, dass er eine normale Frau an seiner Seite haben wird, die er auch verdient hat. Eine wunderschöne, die ihm viele süße Kinder schenkt, die ihn lieben kann und die vollkommen in Ordnung ist, nicht so ein menschliches Wrack wie sie.

Alena seufzt leise auf, jedes Mal geraten ihre Gedanken auf eine ganz andere Spur, sie muss sich … Bevor sich Alena aufs Bett legt, stockt sie und sieht auf ihren Nachttisch und plötzlich ist alles wieder da … das Hämmern in ihrem Kopf, die laute Musik, die gespielt wird, die Stimme, die ihr Befehle gibt, der Geschmack im Mund … Alena spürt, wie ihr gesamter Körper zu zittern beginnt, als sie auf den kleinen Affen sieht, der dort auf dem Nachttisch sitzt, mit einem Zettel in der Hand.

Alles war voll mit diesen Affen, das gesamte Gefängnis, in das er sie gesteckt und wo er sie gefangengehalten hat. Alena öffnet den Mund, doch nichts entrinnt ihrer Kehle. Sie will sich umdrehen und fliehen, doch sie greift nach dem Zettel, zwingt sich, das kann nur ein böser Scherz sein, das kann nicht sein. Wie soll …? Alena öffnet den Brief.

Meine kleine Mangoblüte, wie sehr ich dich vermisse.

Leider wurdest du mir weggenommen, doch deine Familie wird mich niemals schnappen und dann werde ich dich zurück in unser Spielzimmer holen, du weißt, dass wir unterbrochen wurden, bevor wir das große Finale bestreiten konnten und ich bringe immer alles zu Ende, das bedeutet, dass wir uns bald wiedersehen.

Auch wenn mein Herz einer anderen Frau gehört, bist du meine kleine Mangoblüte.

Alena atmet tief ein und aus, dann will sie sich umdrehen und rennen, doch sie spürt, dass sie völlig steif ist, sie starrt auf das Blatt in ihrer Hand und den Affen und ist unfähig zu reagieren.

Kapitel 14

»Steigt ein, wir fahren direkt los!« Alejandro hält nicht einmal richtig in der Garage an, er hat nur Ponce angerufen. Santos ist mit Lilly unterwegs und er möchte nicht alle anderen Männer aufschrecken, wahrscheinlich ist es wieder nichts und so langsam fangen seine Männer an, sich zu wundern, wieso Alejandro noch so verbissen nach Benjamin sucht, wenn die Wahrscheinlichkeit, dass er tot ist, doch angeblich sehr hoch sein soll.

»Passt gut auf euch auf.« Belinda küsst Alejandros Wangen, als sie aussteigt und umarmt Ponce, bevor er sich neben Alejandro setzt. Alejandro sieht in den Rückspiegel, doch April steigt aus, ohne ihn einmal anzusehen. Natürlich hat er gemerkt, dass sie sauer ist, doch so ganz weiß er nicht, was er falsch gemacht hat, er hat nur kurz mit einer alten Freundin gesprochen und er kann sich nicht daran erinnern, mit April irgendwelche Gelübde abgelegt zu haben.

Er hat jetzt auch nicht die Zeit, sich damit zu beschäftigen, sobald Ponce sitzt, gibt Alejandro Gas. »Wohin so eilig?« Alejandro hat noch nichts Genaues gesagt. »Belinda ist wieder etwas eingefallen, ich wollte das nur kurz überprüfen und damit ich dabei Unterhaltung habe, kommst du mit.« Ponce lehnt sich zurück und schaltet die Musik an. »Ich bin gerade erst mit Papa von einem Geschäftstermin wiedergekommen und wollte schlafen. Weißt du, der Vorteil davon, Anführer zu sein und mehrere hundert Männer zu haben, die für einen arbeiten, ist es, solchen Scheiß nicht mehr selbst machen zu müssen.«

Alejandro lächelt matt, er liebt seinen jüngsten Bruder sehr. Er ist der Dunkelste von ihnen, wie fast immer trägt er gerade einen Dreitagebart und hat sich ein Cap tief ins Gesicht gezogen, damit auch trotz Sonnenbrille ja keine Sonnenstrahlen an ihn herankommen, er muss wirklich müde sein. »Auch wenn er gerade nicht lacht, sieht man die Grübchen auf seinen Wangen, er hat die stärksten von ihnen und die Frauen sind verrückt nach dem Kleinen, der leider nicht mehr wirklich klein ist, sondern ein Mann, der ihn wütend von der Seite anfunkelt. »Das geht diesmal nicht, wir müssen das selbst überprüfen, ich habe dafür eine Überraschung für dich und besorge dir eine Massage bei Cassy, erinnerst du dich noch?«

Ponce holt sein Handy heraus und tippt darauf herum, während Alejandro versucht, sich an den Weg zu erinnern, den sie damals gefahren sind. Er fährt auf die Schnellstraße, auf der sie schon bald die großen Städte hinter sich lassen. »Du meinst die, die alle paar Wochen zum Massieren zu dir gekommen ist?« Alejandro lächelt beim Gedanken daran, Cassy ist Weltklasse, das kann niemand abstreiten, doch momentan ist Alejandro nicht danach. »Genau die ...«

Ponce unterbricht ihn. »Sag mal, sehe ich so verzweifelt aus, dass ich das Abgelegte meines Bruders nehmen muss, allein die Vorstellung ...« Alejandro muss lachen. »Ich habe nie mit ihr geschlafen, Ponce, sie massiert nur ... was heißt nur, sie ist ... finde es selbst heraus, wenn du möchtest, jetzt erledigen wir das hier erst einmal.«

Alejandro erinnert sich wieder und nimmt die richtige Abfahrt, als sie auf die Wälder zufahren, wird auch Ponce aufmerksam. »Sag nicht, dass du wieder zu diesem Obdachlosenheim fahren willst? Meinst du, Benjamin ist so dumm und kehrt dahin zurück? Wir waren doch bereits da.« Alejandro fährt auf den abgelegenen Waldparkplatz. »Nein, aber offenbar hat Benjamin vor Belinda öfter von dieser Alina gesprochen, deswegen will ich nochmal mit ihr reden.«

Alejandro erinnert sich, dass Ponce mit der hübschen dunkelhaarigen Frau aneinandergeraten ist, er wird sich sicherlich an sie erinnern, doch sein Bruder sagt nichts mehr dazu. Sie steigen aus und gehen auf das Gebäude zu, das fast vom Wald verschluckt wird. Wenn man nicht weiß, dass hier ein Gebäude ist, kann man es leicht übersehen. Das Tor steht weit offen, was nicht wirklich verwunderlich ist, kein normaler Mensch würde freiwillig in dieses verwahrloste Gebäude gehen.

Sie ziehen die Waffen, betreten das Haus und stocken. Ein Mann liegt erschossen im Eingangsbereich. Ponce hält Alejandro den Rücken frei, während er nachsieht, wer das ist. Alejandro flucht, es ist irgendein Obdachloser und er ist nicht erst seit gestern tot, der muss hier schon zwei, drei Tage liegen, was auch den Geruch erklären würde, der langsam zu Alejandro überschlägt.

Auch Ponce hält sich sein Shirt über die Nase. Er zieht sein Handy heraus und stellt Alejandro stumm die Frage, ob er Verstärkung holen soll, doch der schüttelt den Kopf, stellt sich wieder auf und deutet seinem Bruder, ihm zu folgen. Trotz Shirt versucht Alejandro, nicht zu atmen, der Geruch im Inneren des Gebäudes erschlägt sie fast. Überall an der Wand sind Blutspritzer. Sie öffnen jede Tür, fast hinter jeder Tür finden sie einen oder zwei Tote. In der Küche liegt der Besitzer, Alejandro kann sich noch gut an den alten freundlichen Mann mit den vielen Lachfalten um die Augen erinnern. Neben ihm liegt eine Waffe, offenbar ist Benjamin hier die Munition ausgegangen. Der Mann wurde mit einem Messer getötet. Alejandro nimmt eine Decke von einem der hier herumstehenden Stühle und legt sie über den Mann.

»Wir müssen die Tochter finden!« Alejandro kann nur hoffen, dass Benjamin sie nicht auch getötet hat, sie sehen in allen Räumen nach, überall, doch nirgendwo ist eine Spur von ihr. »Vielleicht war sie nicht hier.« Ponce geht in das kleine Büro, auf dem Schreibtisch steht ein Bild von dem Vater und der Tochter, beide stehen vor dem Haus, in dem sie sich jetzt befinden und strahlen glücklich in die Kamera, als wäre es alles was sie wollen, hier zu arbeiten. Sie ist wirklich eine bildhübsche Frau, Ponce nimmt das Bild hoch.

»Er ist das Risiko eingegangen, hierher zurückzukehren, er ist verletzt, er wird nicht umsonst hergekommen sein. Wenn er sie hier nicht gefunden hat, hat er sie weiter gesucht oder er hat sie gefunden und mitgenommen und dann sollten wir sie so schnell wie möglich finden, nicht dass er mit ihr das gleiche wie mit Alena macht.«

Alejandro tritt zu Ponce an den Schreibtisch, es liegt ein Stapel ungeöffneter Briefe darauf. Meistens ist die Adresse angegeben, bei der sie sich gerade befinden, zwei- oder dreimal ist aber auch eine andere Adresse dabei. Alejandro wirft die Briefe zurück. »Das ist hier in der Nähe, dort werden die beiden gewohnt haben, vielleicht ist er dort mit ihr.«

Sie beeilen sich beide, aus dem Haus herauszukommen, wegen des Gestanks und weil sie wissen, dass nun jede Minute zählt. »Soll ich Verstärkung holen?« Sie rennen zum Auto zurück. »Nein, das würde zu lange dauern, wir machen das alleine, wir müssen nur nachher dafür sorgen, dass jemand sich um die Leichen kümmert und sie alle anständig beerdigt.« Sie sitzen noch nicht einmal richtig und Alejandro gibt schon Gas.

Ponce gibt die Adresse ins Navi ein, es ist zwar noch ihr Gebiet, doch sehr an der Grenze zum Puentes-Gebiet und sie sind hier nicht oft, da hier nur Wald ist und ein kleiner Fluss, der die Gebiete trennt. Hier sind eher selten Menschen, Alejandro wusste nicht einmal, dass hier welche wohnen. Sie fahren durch holprige Waldstraßen, bis sie an eine kleine Lichtung kommen. »Hier muss es gleich sein.«

Sie steigen aus, weiter kommt ihr Wagen nicht. Sobald sie ein Stück weiter rennen, sehen sie auch schon mitten auf der Lichtung ein kleines eingezäuntes Bauernhaus. Hühner und Schafe laufen herum, eine Veranda voller Blumen steht vor einem kleinen Holzhaus, alles wirkt friedlich, doch sobald sie das weiße Gartentor öffnen, blinkt eine rote Lampe auf, Benjamin, er muss hier sein und ein Warnsystem aktiviert haben. Sie rennen zum Haus, als sie fast an der Tür sind, erkennt Alejandro gerade noch so, wie genau außerhalb des Geländes sich eine kleine Falltür aus dem Boden öffnet und ein dunkler Schatten daraus direkt in den Wald läuft.

Dieses Mal entkommt er ihnen nicht. »Ich glaube, er ist dort und haut ab.« Alejandro rennt dem Schatten hinterher, während Ponce kurz stockt. »Überprüfe das Haus!« Alejandro dreht sich nicht noch einmal um, er weiß, dass Ponce auf ihn hört und er heftet seinen Blick auf den Schatten, der vor ihm durch die Bäume huscht.

Alejandro ist durchtrainiert und Benjamin muss verletzt sein, deswegen wird der Abstand zwischen ihnen auch immer geringer, Alejandro zieht seine Waffe, er erkennt genau, dass es wirklich Benjamin ist, doch der läuft solche Zickzacklinien, dass Alejandro zweimal danebenschießt. Benjamins krankes Lachen hallt durch den Wald, Alejandro zielt noch einmal, drückt ab, doch dann ist Benjamin verschwunden.

Ein lautes Fluchen fährt Alejandro über die Lippen, er rast zu der Stelle und sieht, dass der Wald hier abfällt, er springt auch auf den Rasen, der sich kilometerlang am Ufer des Flusses entlang windet. Alejandro sieht nach links und rechts, doch nirgendwo ist eine Spur von Benjamin, erst als er ins Wasser sieht, erkennt er, dass Benjamin das Gewässer durchschwimmt, er driftet immer weiter ab und ist schon fast am anderen Ufer.

Alejandro rennt los, lässt Benjamin nicht aus den Augen, der offenbar nicht mehr richtig ans Land kommt. Die Strömung ist zu stark und es ist Puentes-Gebiet, was Alejandro nicht weiter stören würde, doch das erste Mal denkt Alejandro an die Worte seiner Schwester und dass ihre größte Schwäche ist, dass die Familias gegeneinander kämpfen, statt gegen Benjamin zusammenzuhalten.

Er zieht beim Rennen sein Handy heraus, von hier kann er Benjamin gut im Auge behalten. Als sich einer seiner größten Feinde meldet, ist Alejandro auf eine merkwürdige Art erleichtert. »Ich hoffe, du bist gerade in der Nähe der Grenze beim Fluss.«

Ponce tritt die Tür auf und stellt erleichtert fest, dass es hier nicht so verwest riecht wie im Haus zuvor. Am liebsten würde er Alejandro folgen, doch wer weiß, vielleicht ist das nur ein Trick und Benjamin ist noch hier. Das Haus ist innen zwar sehr sauber, aber auch sehr einfach gehalten, die Holzmöbel sehen alle selbstgefertigt aus, es ist ganz still.

Es riecht nach Braten, Ponce geht vom Flur in eine alte Küche, auf der Theke liegt frisches Brot und im Ofen ist wirklich ein Braten. Ponce hält seine Waffe weiter vor sich, blickt sich um und schaltet den Ofen ab. Was hat Benjamin hier getrieben?

Er geht zurück in den Flur, kommt an einem kleinen einfachen Bad vorbei, das leer ist. Er betritt ein Schlafzimmer mit einem Doppelbett, alles darin ist zerwühlt, doch niemand ist hier. Im nächsten Zimmer ist ein einzelnes Bett, es sieht nach einem Mädchenzimmer aus, hier sind noch alte Puppen ordentlich in einem Regal aufgesetzt, Ponce geht weiter und kommt in ein Wohnzimmer, hier stockt er.

Alles ist blitzblank aufgeräumt und an einem Tisch sitzt die hübsche junge Frau aus dem Obdachlosenheim, der Tisch ist für zwei Personen eingedeckt, sie sitzt vor einem Teller und starrt darauf, sie zittert am ganzen Körper, der nur mit einem blutigen Männerhemd bedeckt ist.

Einen Moment erinnert sich Ponce daran, wie er ihr das erste Mal begegnet ist. Sie ist eine puertoricanische Schönheit, dunkle Haut, große braune Mandelaugen, sie hat nur eine Leggins und ein graues Shirt getragen und sehr zart gewirkt, doch man hat schnell gemerkt, dass sie das nur körperlich war, sie hatte keine Scheu, sich mit ihm wegen seiner Uhr anzulegen. Nun sieht sie auf den Teller und wagt es sich nicht einmal hochzublicken.

Ponce sieht sich noch einmal um, doch hier ist niemand mehr. »Alina, er ist weg, du bist jetzt sicher. Gibt es hier noch einen Keller oder sonst etwas?« Ponce tritt näher zu der Frau, er sieht ihre schlanken Beine unter dem Hemd hervorblicken, sie haben rote Striemen, sie muss gefesselt worden sein, all das erinnert ihn so sehr an Alena, dass er flucht und zu der Frau geht.

»Alina, ich bin Ponce, wir sind uns schon mal begegnet, damals im Obdachlosenheim, ich war gerade auch dort und habe gesehen, was Benjamin dort getan hat. Sieh mich an, ist hier irgendwo noch etwas, von dem ich wissen sollte?« Die Frau beginnt zu schluchzen und es kommt so tief aus dem Herzen, dass sich Ponces Magen zusammenzieht. Er nimmt sein Cap ab, als sie noch immer nur auf den Teller starrt und greift nach ihrem Kinn, sie zuckt zusammen, doch Ponce kann sie dazu bringen, ihn anzusehen. »Wenn ich aufstehe, bestraft er mich!« Ponce schüttelt den Kopf. »Er wird niemanden mehr anfassen, ich bringe dich hier raus. Bist du verletzt? Kannst du laufen?«

Alina sieht sich um, sie wischt sich ihre Hände an dem Hemd ab und atmet heftig ein und aus, als hätte sie eine Panikattacke. Ponce sieht ihr wieder in die Augen. »Was hat Benjamin hier gewollt, war noch jemand hier?« Alina sieht sich die ganze Zeit um.

»Es waren immer mal wieder Männer hier, doch dann hat er mich jedes Mal weggeschlossen, niemand durfte mich sehen. Er hat gesagt, ich bin jetzt seine Frau. Er wusste, dass ihr ihn bald bekommen werdet und … er wollte, dass ich seine Kinder bekomme, damit er für immer weiterleben kann. Das war sein Ziel, die ganze Zeit hat er … versucht, mir Kinder zu machen. Ich musste ihn bedienen und mit ihm leben, als gehöre ich ihm und … er hat sie alle erschossen, meinen Vater getötet … alle … ich …«

Wieder atmet sie zu schnell und Ponce flucht, dieser Bastard, er hat sie nur hier gehalten, um sie immer wieder zu vergewaltigen und seine DNA der Nachwelt zu hinterlassen. Alle Frauen, die in Benjamins Nähe kommen, sind danach völlig zerstört.

»Okay, ganz ruhig, er ist weg und mein Bruder sorgt gerade dafür, dass er nie wieder herkommen wird, okay? Ich bringe dich zu einem Arzt. Willst du dir etwas anderes anziehen?« Alina bleibt weiter sitzen und das erste Mal sieht sie ihn richtig an. »Das ist sein Hemd, ich musste immer seine Sachen tragen, er ist schwer verletzt, er hat überall Wunden und viele haben sich entzündet. Er hat mich gezwungen, ihn jeden Tag zu verarzten … Ich kenne dich.«

Ponce nickt. »Wir haben uns im Obdachlosenheim gesehen, du hast mich damals wegen meiner Uhr angesprochen, erinnerst du dich?« Ponce hält die Uhr hoch, er wird Alina nicht daran erinnern, dass sie damals nicht verstanden hat, wieso sie Benjamin jagen, nun wird sie es verstehen.

»Warst du noch einmal dort? Hat jemand überlebt? Ich habe gesehen, dass alle am Boden lagen, doch vielleicht … hast du meinen Vater gesehen?« Ponce wünschte, er könnte ihr gute Nachrichten überbringen. »Es tut mir leid!« Alina nickt, das erste Mal verlassen nun Tränen ihre schönen Mandelaugen und sie sieht wieder auf den Tisch.

»Ich bringe dich jetzt zu einem Arzt.« Ponce hält ihr seine Hand hin, sie stützt sich leicht bei ihm auf, doch dann steht sie alleine und geht in das Mädchenzimmer. »Ich ziehe mir etwas anderes an.« Ponce räuspert sich, sie scheint trotz allem sehr gefasst zu sein, vielleicht steht sie auch unter Schock, er ist kein gottverdammter Arzt, was weiß er schon? Er sieht zu dem anderen Schlafzimmer, in dem alles zerwühlt ist, das Bett hat Pfosten und erst jetzt sieht er die Seile, die daran befestigt sind.

Ponce blickt zum Mädchenzimmer, die Tür steht einen kleinen Spalt auf und er kann sehen, wie sich Alina das Hemd vom Körper zieht. Er sieht ihren nackten Rücken und überall rote und blaue Flecken, beschämt sieht er weg, wieso haben sie sie nicht früher gefunden?

»Ich muss nicht zum Arzt, ich denke, mir geht es gut.« Alinas Worte holen Ponce aus seinen Grübeleien, während er sich noch einmal im kompletten Haus umgesehen hat. »Vielleicht denkst du jetzt so, doch du solltest dich auf jeden Fall untersuchen lassen.« Er sieht unbewusst auf ihren Bauch und dann in ihr Gesicht, er kann nur hoffen, dass Benjamins kranker Plan nicht funktioniert hat.

Alina trägt wieder das graue Shirt und die schwarze Leggins, deswegen erkennt Ponce auch sehr schnell, dass sie noch zarter wirkt, wer weiß, wie sie die letzten Tage hier mit ihm verbringen musste. »Komm mit!« Ponce sollte versuchen, all das nicht zu nah an sich heranzulassen. Er hält ihr die Tür auf, sieht die Striemen an ihren Armen und deutet auf sein Auto.

Sobald sie beide im Wagen sitzen, gibt er den Code zum Starten des Wagens ein, da Alejandro ja den Schlüssel hat. Bevor er aber losfährt, ruft er seinen Bruder an, ob er Hilfe braucht und ob er endlich diesen Bastard geschnappt hat.

Alejandro geht mit rasendem Atem ans Handy. »Hast du sie?« Ponce sieht zu Alina. »Ja, ich bringe sie jetzt in ein Krankenhaus. Hast du ihn?« Alejandro scheint sich schnell fortzubewegen. »So gut wie, er treibt hier im Wasser auf dem Gebiet der Puentes und ich lasse ihn nicht aus den Augen, Elian kommt von vorne und dann schnappt er ihn sich.« Ponce startet und gibt Gas. »Elian, unser Feind Elian?« Alejandro schnauft auf. »Ja, genau der. Hat er die Kleine schlimm zugerichtet?« Ponce sieht zu Alina hinüber. »Sieht so aus.«

Alejandro flucht. »Ich werde ihn nicht entkommen lassen, heute ist er dran.« Elian erreicht eine größere Straße und sieht auf einem Schild den Hinweis zu einem Krankenhaus. »Wieso erschießt du ihn nicht einfach und beendest das alles?« Alejandro lacht kurz bitter auf. »Solange ich noch die Chance habe, ihn lebend zu bekommen und mich für alles zu rächen, will ich ihn lebend. Aber meine Waffe ist gezogen, ich gehe kein unnötiges Risiko ein. Elian ist da vorne, ich melde mich, wenn das hier vorbei ist.«

Ponce legt auf und allein der Gedanke, dass heute endlich der Tag sein könnte, an dem all der Wahnsinn ein Ende hat, trägt ihn. »Ist er tot?« Ponce sieht zu Alina, die aus dem Fenster blickt. »So gut wie.« Er räuspert sich. »Gibt es irgendjemanden, den ich für dich anrufen kann, der herkommen und bei dir bleiben kann?« Alina sieht ihn nicht nochmal an. »Nein, es gab nur meinen Vater und mich, unser Haus und das Obdachlosenheim, mehr nicht!«

Ponce nickt und trommelt ungeduldig auf seinem Lenkrad herum, er wird nervös, das mit Alina lässt ihn nicht so kalt wie es sollte, was sicherlich daran liegt, dass dieser Bastard bereits seine Cousine und auch seine Schwester in seiner Gewalt hat. Sie fahren in die Auffahrt zur Klinik, zwei Schwestern kommen gerade heraus und als sie Alina und ihre Wunden an den Armen und Füßen sehen, bringen sie einen Rollstuhl und helfen Alina hinein.

Sobald Alina sitzt, schieben sie sie in das Krankenhaus, Ponce bleibt stehen, er hat sich nicht einmal verabschiedet, er hat alles getan, was er für sie tun konnte. »Wollen Sie nicht mit rein? Was ist der Frau passiert?« Eine weitere Krankenschwester tritt zu Ponce, während er in seine Tasche greift und mehrere Scheine herausholt, die er der Schwester gibt. »Fragen Sie sie, ich muss los. Kümmern Sie sich gut um sie. Sie soll alles bekommen, was sie braucht.« Er flucht und zieht auch den Rest des Geldes aus seiner Tasche, um das der Frau auch noch zu geben, er weiß, dass der Betrag auf jeden Fall ausreichen wird, trotzdem hat er das Gefühl, es reicht nicht aus, er muss mehr tun, deswegen wendet er sich schnell um, geht zu seinem Wagen und fährt zurück zu Alejandro.

Kapitel 15

Alejandro lässt Benjamin nicht aus den Augen, der auch immer wieder zu ihm sieht. Doch er scheint auch krampfhaft nach einem Ausweg zu suchen, mehr als einmal hat er nach einem Ast gegriffen, um sich hochzuziehen, Alejandro würde ihn in diesem Fluss niemals zu fassen bekommen und wenn er schießt, könnte er nie genau sagen, ob er Benjamin nun getötet hat oder nicht und er muss hundertprozentig sicher sein, aber am liebsten möchte er ihn lebendig. Alejandro spürt, dass heute Benjamins letzter Tag ist und all der Wahnsinn ein Ende hat.

Der Fluss knickt ein und Alejandro entdeckt Elian, der an einer Böschung steht, er wusste, dass Benjamin dort gegen einen Stein prallen würde und seine Reise ein Ende hat. Vidals jüngerer Bruder steigt sofort ins Wasser, um sich Benjamin zu schnappen, doch dieser rappelt sich blitzschnell auf und hält etwas in die Luft. »Elian, mein Freund, ich wusste, dass dieser Tag kommen wird. Hatte ich dir nicht gesagt, wir sehen uns wieder?« Alejandro hört Benjamin nur sehr schlecht, doch gut genug, um seinen Wahn sofort herauszuhören.

Er ist außer Puste, auch Alejandro ringt noch nach Atem, er sieht, dass Ponce von hinten angelaufen kommt und hält weiter seine Waffe auf Benjamin gerichtet. Seine Waffe ist extra für Weitschüsse geeignet, er kann ihn von hier ohne Probleme treffen.

Elian sieht unberührt zu Benjamin. »Und doch hast du solch eine Angst, sieh, wie du zitterst, wenn du vor mir stehst, du Bastard, ein ganz anderes Gefühl, als wenn du dich an Frauen vergehst, oder? Leg die Handgranate weg, sie ist ohnehin nass.« Elian hebt die Waffe und Benjamin beginnt schallend zu lachen. »Das bedeutet nicht, dass sie nicht mehr funktioniert, möchtest du es austesten? Ich weiß, dass ich das hier nicht überleben werde, doch vorher werde ich wenigstens alle Anführer aus dieser Familia auslöschen, hast du sehr getrauert um deinen Bruder Vidal?«

Ponce holt auf und Alejandro behält weiter alles genau im Blick.

»Oh, Vidal ist nicht tot, ihm geht es wunderbar. Wir haben gerade telefoniert und dein Komplize, der Verräter in unserer Familia, wird sich auch bald zu dir gesellen, mach dir da ...« Nun schallt Benjamins krankes Lachen überall hin. Er steht noch immer gegen den Felsen gelehnt und Elian nähert sich ihm immer mehr. Keine gute Idee, was ist, wenn er die Granate wirklich noch hochgehen lassen kann?

»Der Verräter? Wie niedlich, du hast ja keinerlei Vorstellungen, was für Ausmaße das alles mittlerweile hat, selbst wenn ich nicht mehr bin, all das hat noch nicht einmal richtig begonnen, Elian, doch für mich und dich ist diese Reise ...«

Ponce trifft bei Alejandro ein und Alejandro drückt ab, Benjamin hat nach oben zum Zünden der Granate gegriffen, doch Alejandro ist schneller und gleich danach hört er, wie sich auch ein Schuss aus Elians Waffe löst. Benjamin sackt sofort zusammen, getroffen in den Kopf von zwei verschiedenen Seiten, von Elian und Alejandro, von beiden Familias gleichzeitig.

Elian greift nach dem leblosen Körper, der sofort den Fluss rot färbt und zieht ihn zu sich ans Land. Er greift nach seinem Handy und ruft Alejandro an.

»Es wäre befriedigender, hätten wir ihn lebendig gehabt.« Alejandro nickt, auch für ihn, doch sie hätten dieses Risiko nicht eingehen können. »Man kann nicht alles im Leben haben, Puentes, kümmerst du dich um ihn? Bewahre ihn an einem versteckten Ort auf, es sollte noch niemand von seinem Tod erfahren und auch noch nicht von Vidal, wenn man seinen Worten glauben kann, ist das doch eine größere Sache.«

Elian sieht zu ihnen hinüber und deutet zu Ponce. Alejandro nickt Vidals Bruder zu, es fühlt sich immer noch verrückt an, mit ihm zusammenzuarbeiten. Auch Ponce, der nur Wortfetzen mitbekommt, sieht von Alejandro zu Elian und zurück, doch er begreift schneller, als Alejandro es gedacht hätte. »Alina hat gesagt, dass mehrere Männer bei Benjamin waren, er arbeitet nicht allein.« Elian reibt sich die Stirn, er hat Ponces Worte durch das Handy sicherlich gehört. Einen Moment sind alle still und sehen zu Benjamins Leiche und ihnen wird klar, dass er recht hat, auch wenn er tot ist, ist all das noch lange nicht vorbei.

Elian findet als Erster seine Worte wieder. »Ich kümmere mich darum, rede mit deinem Bruder, ansonsten bleibt all das weiter unter uns.« Alejandro nickt und legt auf, er hatte sich das viel befriedigender vorgestellt, Benjamin endlich tot zu sehen. Ponce sieht noch immer von ihm zu Elian und Alejandro deutet ihm, mit ihm zu kommen. »Wir müssen reden!«

Alena versucht, ihr Zittern zu verbergen, sie hat sich einen viel zu großen Kapuzenpullover angezogen und die dicken Boots, darüber zieht sie die Jacke, nimmt ihren Pass aus dem Schrank und steckt ihn ein, sie sucht nach ihrem Handy, doch sie findet es nicht und ist sich ganz sicher, dass sie es auf dem Nachttisch, auf dem nun der Affe und der Brief stehen, liegengelassen hat, da sie zu den Therapien keine Handys mitnehmen dürfen.

Alena verlässt das Zimmer schnell wieder und geht auf den langen Flur, hier im Stockwerk sind nur Mitglieder ihrer Familia. Als sie schwere Schritt hört, dreht sie sich schnell wieder um und geht in Richtung ihres Zimmers, sie steht völlig neben sich, ihre Gedanken rasen.

»Alena, kommst du gerade von der Therapie?« Alena wendet sich zu den drei Männern um, die mit Tellern in der Hand zu ihr schlendern. Ihr Therapeut hat sie heute ein paar Minuten früher gehen lassen, die Männer wissen nicht, dass sie schon im Zimmer war. »Ja, ich wollte mich eigentlich hinlegen, aber vielleicht sollte ich erst mit meiner Mutter etwas spazieren gehen, sie hat schon wieder solche Kopfschmerzen, was gibt es heute?«

Alena versucht krampfhaft zu lächeln und sieht auf die vollge-stopften Teller. »Leberkäse, habe ich noch nie gegessen, schmeckt aber sehr gut. Geh danach auch etwas essen, du brauchst Kraft.« Alena sieht den drei Männern in die Augen und nickt, sie kennt sie alle, seit sie klein ist. Wortlos geht sie an ihnen vorbei zum Zimmer ihrer Mutter und öffnet die Tür ohne anzuklopfen, sie weiß, dass die Männer jedes Wort von ihnen hören können.

»Wie geht es mit deinen Kopfschmerzen?« Alena sieht ihre Mut-ter eindringlich ein, die sich müde in ihrem Bett aufsetzt und sie ansieht, als wäre sie verrückt geworden. Bevor sie sie aber fragen kann, was los ist, deutet ihr Alena mit dem Finger, ruhig zu sein. Sie geht zu ihrem Nachttisch, zieht den Pass ihrer Mutter und ihr Handy heraus und wirft ihrer Mutter ihre dicke Jacke zu. »Du siehst nicht viel besser aus, lass uns spazieren gehen, das wird dir guttun, danach können wir zusammen essen und dann kannst du immer noch schlafen, Mama.«

Ihre Mutter sieht sie völlig überfordert an, versteht aber, dass etwas nicht stimmt und nickt nur. »Okay … machen wir, wo sind meine Schuhe?« Alena sieht ihrer Mutter eindringlich in die Augen, sie scheint zum Glück zu begreifen, wie ernst das hier ist. Zusammen treten sie nach draußen, als sie gerade zu den Treppen gehen wollen, kommt ihnen dick eingemummelt Emilia entgegen, offenbar war sie gerade spazieren. Alena spürt die Blicke der Männer ihrer Familia auf sich, zwei weitere kommen auch gerade zurück ins Stockwerk, auch sie haben sich etwas zu essen geholt.

Alena deutet Emilia mit den Augen, dass es wichtig ist und bittet sie lächelnd, sie auch zu begleiten. Ihre Worte und ihre Stimme passen nicht zu ihrem Gesichtsausdruck und da scheint auch Emi-lia zu begreifen, dass etwas nicht stimmt und sie begleitet sie.

Als sie auf den Treppen sind, will ihre Mutter sich zu ihr umwen-den und fragen was los ist, doch Alena deutet ihr an, ruhig zu sein. Sie führt die beiden nach draußen, über den langen verschneiten Weg hin zu den Feldern am Waldrand, wo sie oft spazieren gehen. Alena sieht sich immer wieder um, sie hat das Gefühl, dass sie beobachtet werden, ihre Mutter und Emilia fragen die ganze Zeit, was los ist, doch sie kann es ihnen jetzt noch nicht erklären, sie müssen hier weg, so schnell wie möglich, bevor es zu spät ist und sie vielleicht nie wieder wegkommen.

Sobald sie um eine kleine Kurve herum sind, von der Alena weiß, dass man sie jetzt von der Klink aus nicht mehr sehen kann, wendet sie sich zu den beiden um. »Wir müssen hier weg, sofort! Kommt!« Ohne weitere Erklärungen rennt sie los, in die Wälder hinein, sie hat keine Ahnung wohin, doch sie weiß, dass sie so weit weg wie möglich von der Klinik sein muss. Sie spürt Emilia und ihre Mutter bei sich, sie rennen ebenfalls, auch wenn sie nicht wissen wieso, müssen sie spüren, dass es etwas Ernstes ist und Alena ist für dieses Vertrauen dankbar.

Alena hat noch nicht ihre gesamte Kraft zurück, sie hat gerade mal vier Kilo zugenommen, bis zu ihrem Ursprungsgewicht fehlen noch sechs, sie ist bei Weitem noch nicht geheilt, doch das erste Mal, seit sie von Benjamin weg ist, hat sie plötzlich diesen Überlebenswillen wieder, von dem sie geglaubt hat, ihn völlig verloren zu haben.

Vor zwei Wochen war alles, was Alena wollte, die Augen zu schließen und nicht mehr wach zu werden, jetzt rennt sie um ihr Leben, sie wird nicht zulassen, dass Benjamin sie noch einmal bekommt. Nachdem sie zwanzig Minuten durch den Wald gerannt sind, können sie von Weitem eine kleine Stadt sehen, Alena bleibt stehen, lehnt sich an einen Baum und atmet tief ein und aus. Auch ihre Mutter und Emilia bleiben stehen, auch wenn ihre Mutter schon etwas älter ist, konnte sie gut mit ihnen mithalten, doch jetzt sieht sie Alena mahnend an. »Was zum Teufel ist los?«

Auch Emilia legt ihre Hände an die Hüfte, ihr schwarzes Tuch ist ein wenig verrutscht und sie richtet es sich wieder, dann versucht auch sie, wieder zu Atem zu kommen. »Alena, die werden uns alle suchen, vor wem bist du auf der Flucht?«

Alena spürt, dass sie noch immer zittert, allein wenn sie daran denkt. »Benjamin, er ist da … er hat mir eine Nachricht zukommen lassen.« Nun sehen beide sie schockiert an. »Wie kommst du darauf? Was für eine Nachricht?« Alena erzählt ihnen, was sie gerade in ihrem Zimmer gefunden hat. Ihr ist bewusst, dass sie in letzter Zeit nicht immer voll da war, oft viel durcheinander gebracht hat und sich auch viel eingebildet hat, sie kann nur hoffen, dass sie ihr glauben, dass das hier keine Einbildung oder ein Streich ihres Verstandes ist.

Deswegen erzählt sie ihnen wirklich alles, auch, dass sie alles so im Zimmer hat liegenlassen, als hätte sie es noch nicht gesehen und wie sie nun mit der Idee des Spaziergangs ihnen mindestens eine Stunde Vorsprung herausgeholt hat, ohne dass es ungewöhnlich scheint, sie sind oft eine Stunde spazieren, das wird niemandem verdächtig vorkommen.

»Bist du dir sicher, dass die Nachricht von Benjamin kommt? Vielleicht wollte dir nur jemand Angst machen, ich kann mir nicht vorstellen ...« Alena sieht zu der kleinen Stadt und dann zu Emilia. Die letzte Zeit hier zusammen haben sie sich ein wenig angefreundet, vielleicht hat das Schicksal, dass Benjamin sie beide fast getötet hat, sie auch irgendwie zusammengeführt. Neben Emilia kann sie stundenlang schweigend sitzen, ohne dass ihre neue Freundin sich fragt, ob etwas nicht stimmt, sie versteht zumindest ein wenig, was in Alena vor sich geht, dass diese Angst vor diesem einen Menschen sie lähmt und die Erinnerung an ihn sie quält.

»Da stehen Sachen drin, die niemand weiß ... ich habe niemandem erzählt, wie er mich genannt hat und auch nicht, was er als großes Finale geplant hatte, was zum Glück nie stattgefunden hat, all das weiß niemand außer Benjamin, also muss der Brief von ihm sein und wir müssen hier so schnell wie möglich verschwinden.«

Emilia nickt. »Okay, was machen wir?« Nun sieht sie sich auch unsicher um und in ihrer Mutter erwacht der Beschützerinstinkt, sie wird nicht zulassen, dass Alena noch einmal in die Hände von Benjamin gerät, das weiß sie und deswegen sieht sich nun auch ihre Mutter genau um. Keiner von ihnen ist so dumm, Benjamin zu unterschätzen.

»Wir müssen in Puerto Rico anrufen, alle warnen, wieso hast du es nicht unseren Männern gesagt? Wieso sind wir weggelaufen? Wenn Benjamin sich hier versteckt, finden sie ihn vielleicht.« Alenas Magen zieht sich zusammen.

»Ich weiß nicht, Mama, ... wie ist er in mein Zimmer gekommen? Das ist doch gar nicht möglich ohne die Hilfe einer unserer Männer, vielleicht hat er sich aber auch als Klinikmitarbeiter verkleidet, ich weiß es nicht. Alles was ich weiß ist, dass wir hier weg müssen und das so schnell wie nur möglich und ohne dass uns jemand dabei erwischt, wir können hier gerade niemandem trauen.«

Ihre Mutter holt ihr Handy heraus. »Du hast recht, wir müssen die erreichen, denen wir wirklich vertrauen können ...« Emilia deutet auf das Handy der Mutter. »Zum Glück hast du das Handy dabei.« Die Mutter aber wirft das Handy weit weg. »Nein, wir wurden schon mal abgehört, wir gehen in die Stadt und rufen von einem öffentlichen Telefon an, sie sollen uns Tickets für die Bahn an einem Bahnschalter hinterlegen, hier am Flughafen werden sie als allererstes suchen. Wir müssen von woanders losfliegen, hat jemand von euch Geld dabei?«

Alena atmet tief ein, sie weiß, dass sie hier wegmüssen, sie spürt die Gefahr in jeder Faser ihres Körpers, doch sie ist noch nicht in der Lage, so klar zu denken und zu handeln und ist froh, dass ihre Mutter das jetzt kann und ihr die vielen Jahre in einer Familie jetzt helfen, einen klaren Kopf zu behalten und richtig zu handeln.

Emilia holt einige Scheine aus ihrer Tasche. »Ich habe das von Roman bekommen, ich habe bisher nichts davon ausgegeben.« Alena nickt, sie müssen sich beeilen. Sie sehen sich alle in die Augen. »Also los!«

Alejandro verlässt die Garage zusammen mit Ponce. »Ich muss das alles erst einmal verdauen.« Alejandro klopft seinem jüngsten Bruder auf die Schulter. »Dann tu das, ohne auch nur ein Wort zu irgendjemandem darüber zu verlieren, hörst du?« Ponce nickt, er biegt zu sich nach Hause ein und wendet sich nochmal um. »Das fühlt sich krank an ... mit denen zusammen ... irgendwas zu planen, zu machen ... all das und wenn ich an Belinda und ... ich glaube, damit komme ich nie klar.«

Alejandro zieht die Augenbrauen zusammen und zuckt die Schultern. »Ich auch nicht, momentan ist es allerdings so, das wird aber kein Dauerzustand sein, deswegen ziehen wir das jetzt durch, bis all der Scheiß endgültig zu Ende ist, ein großer Schritt ist dafür heute schon gemacht worden, also, sieh das positiv.«

Ponce sieht nicht überzeugt aus, Alejandro ist es selbst nicht und der Gedanke an Vidal und Belinda lässt ihm auch keine Ruhe, doch auch hier ist sicherlich noch nicht das letzte Wort gesprochen. Bevor er in sein Haus und endlich unter die Dusche geht, sieht er hoch zur Terrasse des Lofts seiner Schwester. April steht an der Brüstung und sieht auf die Landschaft vor sich. Sie kann Alejandro nicht sehen, doch er erkennt ihr hübsches Profil, bleibt stehen und betrachtet, wie sie auf das Land hinabsieht, was er so sehr liebt, wofür er sterben würde.

Er weiß, dass sie diese Liebe nicht verstehen wird, dieses Leben nie akzeptieren wird, er weiß, dass er die Finger von ihr lassen sollte, doch Alejandro spürt tief in sich, in dem Moment, als er ihre langen glänzenden Locken, ihr wunderschönes Gesicht, ihre traumhafte Figur und diese gute und zerbrechliche Seele, die in ihr schlummert und von der er schon so viele Facetten kennenlernen durfte, betrachtet, dass er noch nie etwas Schöneres gesehen hat.

Er zwingt sich, den Blick abzuwenden und ins Haus zu gehen. Alejandro ist froh, seine Klamotten loszuwerden und endlich unter die Dusche zu gehen, er weiß, dass April sauer auf ihn ist, seit er sich vorhin mit Cassy unterhalten hat, es sollte ihm egal sein, vielleicht ist es besser so, doch er kann es einfach nicht sein lassen. Sobald er aus der Dusche kommt, schreibt er ihr, ob sie zusammen etwas essen wollen. Die Antwort kommt sofort: Nein. Alejandro muss lächeln, so etwas stachelt ihn erst richtig an. Er hat vorhin nicht genug von Aprils eingeschnapptem Gesichtsausdruck bekommen können, wie sie konsequent aus dem Fenster gestarrt und ihn nicht eines Blickes gewürdigt hat.

Er bittet sie, kurz zu ihm herüberzukommen, er möchte mit ihr reden.

Dieses Mal dauert die Antwort ein wenig länger. Ein Zögern? Sie schreibt, sie wüsste nicht, was es noch zu reden gibt und Belinda und sie sehen sich gerade Serien an. Alejandro antwortet ihr, dass Belinda eh gleich einschläft, er kennt seine jüngere Schwester mittlerweile schon ein wenig und die letzten Tage haben auch bei ihr Spuren hinterlassen. Er schreibt auch, dass er ihr etwas zu sagen hat und dass sie ihm einfach zuhören soll. Alejandro hat keinen Schimmer, was er April sagen soll, all das verwirrt ihn, doch er hat eine ganze verdammte Familia im Griff, da wird er das mit April doch wohl unter Kontrolle bekommen.

April antwortet nicht, Alejandro zieht sich eine Boxershorts und ein Shirt über, da klopft es unten und er atmet tief ein. Sie haben es heute endlich geschafft, Benjamin zu töten, auch wenn damit noch nicht alles vorbei ist, war das schon ein wichtiger Schritt, somit wird er sich jetzt mal um das Gefühlschaos kümmern, was April in ihm verursacht.

»Komm rein.« Noch während er die Treppen zu ihr hinuntereilt, bittet er sie hinein, er weiß genau, wer da hinter der Tür steht und da bei ihnen nie abgeschlossen ist, tritt sie auch gleich ein. April trägt eine hellblaue Shorts und ein weißes viel zu großes Shirt, sie ist ungeschminkt und ihre kleinen Locken fallen ihr bis tief in den Rücken. Für Alejandro ist sie so am allerschönsten.

»Also, was gibt es?« April weicht seinem Blick aus, Alejandro muss sich Zeit verschaffen. »Es ist sehr heiß heute, auf meiner Dachterrasse ist es schon kühler, geh schon mal vor, ich hole etwas zu trinken.« April verschränkt die Arme vor der Brust und stellt ein Bein weiter vor, fast so, als wolle sie etwas dagegen sagen, doch dann geht sie die Treppen hoch und Alejandro holt aus der Küche zwei Gläser, kaltes Wasser und Limonade.

Er legt sich seine Worte bereits zurecht, doch als er auf die Dachterrasse tritt und April mitten in der großen Entspannungsoase sitzt, wie er seine gemütliche, mit Kissen und Decken verzierten runden Loungemöbel, die mitten auf der Terrasse stehen, immer nennt, vergisst er alles, was er sagen wollte.

Er will sie, sei es noch so unvernünftig, Alejandro will April unbedingt.

»Hat Belinda dich also gehen lassen?« Alejandro stellt die Gläser und Getränke auf dem Glastisch neben der Liegewiese ab. »Sie ist vor einer halben Stunde ungefähr eingeschlafen.« Alejandro muss leise lachen. »Habe ich doch gesagt, ich kenne meine kleine Schwester eben.« April sieht zu ihm. »Das Leben hier ist einfach viel zu anstrengend.«

Gut, damit ist es wohl vorbei, nett und langsam zu beginnen. »Es ist nicht immer so turbulent wie jetzt, bald werden wieder ruhigere Zeiten kommen, du wirst sehen. Wieso bist du sauer auf mich, April?« April sieht ihn an und legt ihren Kopf schräg. »Bin ich das?« Alejandro nimmt sich ein Glas, gießt ihr etwas ein und reicht es ihr, bevor er sich selbst etwas nimmt und sich zu ihr setzt. »Ja, bist du. Seit ich vorhin mit Cassy gesprochen habe. Ich hatte nicht vor, ihre Einladung anzunehmen und ...«

April hebt die Hand. »Das musst du mir nicht erklären, du hast mich als Belindas Freundin vorgestellt, das sagt schon alles aus. Für dich bin ich einfach nur Belindas Freundin, mit der du ab und zu mal ein wenig rummachst, ich habe schon verstanden. Ich weiß nur nicht, was ich jetzt hier soll.«

Darum geht es also. »Ja, aber du bist doch ihre Freundin, was ist daran falsch?« April sieht in den Himmel, an dem gerade die Sonne untergeht und der sich in den schönsten Rottönen färbt. »Es ist nicht falsch, ich frage mich nur, was ich für dich bin. Was das zwischen uns für dich ist.« Genau das ist der Punkt, auf den Alejandro keine Antwort hat. »Was denkst du denn?« April lacht bitter auf. »Du wolltest doch mit mir reden, solltest du mir da nicht auch die Antworten liefern können?«

Alejandro atmet tief ein, das wird anstrengender, als er gedacht hat. »Ich weiß nicht genau, was das zwischen uns ist, April, ich denke, du weißt selbst, dass ich gar nicht die Zeit habe, mir darüber viele Gedanken zu machen. Aber ich mag es, mit dir zusammen zu sein, sonst wäre ich nicht zu dir nach Portland gekommen und ja ... hätte dich hergeholt.«

Verdammt, er ist der Anführer einer der größten Familias und beginnt, vor einer Frau herumzustottern. April bringt ihn in Situationen, in denen er noch nie war. »Also ist es schon etwas, was auf etwas Festes hinauslaufen könnte zwischen uns?« April sieht ihm in die Augen und Alejandro weicht ein klein wenig zurück. »Was meinst du mit 'etwas Festes'? Dass du herziehst? Dass ich eine richtige Freundin an meiner Seite habe?« Nun hat er auch sie sichtlich aus dem Konzept gebracht, sie hält kurz ein. »Ich kann nicht herziehen. Ich habe meinen Laden, momentan bin ich eh mehr hier als im Laden, so geht das nicht weiter.«

Alejandro hebt die Hände. »Wieso fragst du mich das alles also, wenn du selbst nichts Festes haben möchtest?« Nun wägt April einen Moment ihre Worte ab, sie sieht auf ihre Hände, am liebsten würde Alejandro sie einfach in den Arm nehmen und ihre Nähe wieder genießen, muss das alles immer so kompliziert sein, müssen Frauen immer alles ausdiskutieren?

»Ich weiß nicht, was ich will, Alejandro, doch ich möchte auch nicht einfach nur eine von vielen sein, dass du mit mir etwas hast und mit anderen Frauen, oder wie würde es dir gefallen, wenn ich in Portland noch jemanden hätte? Immerhin läuft das hier ja eh nicht auf etwas Festes hinaus wie es scheint und ...« Alejandro unterbricht sie.

»Du sollst neben mir niemanden haben und ich habe auch kein Problem damit, für dich auf andere Frauen zu verzichten, April, überhaupt nicht. Ich weiß nicht, worauf das zwischen uns hinausläuft, doch ich möchte es herausfinden. Wenn es dir so wichtig ist, kann ich dich ab jetzt auch als meine Freundin vorstellen, mir macht das nichts aus. Ich kann dir keine Garantien und Versprechungen geben, du siehst ja, dass ich momentan nicht die Zeit habe, mich um sehr viel zu kümmern, doch ich möchte die Zeit, die wir haben nutzen, um zu sehen, was daraus werden kann.«

Alejandro sagt einfach, was er denkt, er macht sich hier eh schon zum Hampelmann, da kann er auch aufhören, so zu tun, als wäre ihm das egal, April ist ihm nicht egal.

April sieht ihm in die Augen und sagt nichts. Sie wendet den Blick nicht ab, Alejandro liegt halb auf der Wohlfühloase, aber als sie sich auf die Knie setzt und an ihn heran rutscht, schluckt er. Eine Ehrfurcht vor April und ihrer Schönheit und den Gefühlen, die sie in ihm erweckt, breitet sich in ihm aus, als sie sich genau vor ihm platziert, so nah, dass sich ihre Nasenspitzen fast berühren. Auch Alejandro trennt den Augenkontakt nicht.

»Was ist, wenn das zwischen uns mehr ist? Wenn wir das nicht mehr stoppen können? Wenn es noch zu stoppen wäre, denke ich, wären wir beide jetzt nicht hier, oder Alejandro? Was ist, wenn das mein und dein Leben völlig durcheinander wirft?« Alejandro sieht Zweifel, auch ein wenig Angst in Aprils Blick und dieselbe Ehrfurcht, die auch er verspürt.

»Dann ist es so!« Mehr kann Alejandro nicht dazu sagen, er hört auf, sich etwas vorzumachen und lässt alles, was April betrifft, ab jetzt einfach auf sich zukommen. Er sieht ihr in die Augen und streicht ihr eine ihrer vielen lockigen Strähnen nach hinten. »Und dann werden wir das zusammen herausfinden, du brauchst dir deswegen keine Sorgen zu machen.« Hatte er gerade nicht noch gesagt, er gibt April keine Versprechungen? Scheiß drauf, er muss wirklich umdenken. April nickt und Alejandro beugt sich vor und küsst sie liebevoll auf den Mund.

Er ist nicht fordernd, er genießt einfach nur ihre Nähe, sie rückt enger und seine Hand wandert unter ihr Top, ihre weiche Haut am Rücken entlang. Sie lächelt und setzt sich auf seinen Schoß, diese Nähe lässt Alejandros Körper dann doch schneller reagieren als ihm lieb ist. »Also sage ich Belinda, dass ich mit dir zusammen bin?« Alejandros Hand streicht ihre Beine entlang und er nickt.

174

»Tu das.« Immerhin ist seine Schwester nun offenbar mit seinem größten Feind zusammen, da wird sie dagegen ja wohl nichts sagen können.

April schlingt ihre Arme um seinen Hals und küsst ihn und dieses Mal ist sie schnell fordernder. Sie schmiegt sich an ihn und als er ihr das Shirt und den BH auszieht und Alejandro sich Aprils perfekten Brüsten widmet, seufzt sie so genussvoll auf, dass Alejandro sie schnell unter sich legt und die Kontrolle übernimmt.

Ja, es mag sein, dass April ihn in einigen Sachen ziemlich überfordert, Gefühle in ihm freisetzt, die er nicht kennt und ihn vor Herausforderungen stellt, die er so noch nie bestritten hat, doch das ist sein Gebiet und hier wird er die Kontrolle nicht abgeben.

Alejandro beugt sich langsam zu ihr hinab, April schließt genüsslich die Augen, er verwöhnt sie und bekommt nicht genug davon. Er liebt ihren Geschmack, ihren Körper, wie sie auf seine Zärtlichkeiten reagiert, er liebt es, sie zu küssen und zu schmecken und ihren Körper zum Zittern zu bringen.

Alejandro lässt sich Zeit, er genießt ihre Reaktion auf ihn, erkundet jeden Millimeter ihres Körpers, doch unter seinen Lippen wird April unruhiger, sie stöhnt laut auf, ihr Atem wird immer schneller und sie zieht ihm ungeduldig sein Shirt aus. Als sich ihre nackte Haut berührt, sieht Alejandro ihr wieder in die Augen, ihm liegen Worte auf den Lippen, die er noch nie einer Frau gesagt hat, doch plötzlich hat er einen Drang, sie April zu sagen.

Trotzdem hält sich Alejandro damit zurück, er küsst sie liebevoll, doch in seinem Kopf beginnt es zu arbeiten, ist es das, was hier passiert? Hat er sich in April verliebt?

Es dauert nicht mehr lange und sie beide haben nichts mehr an. Alejandro legt sich zwischen ihre Beine, seine Hände heben ihren Po und ihr Becken an, dabei sieht er auf sie hinab und stockt erneut.

Hatte er sich eingebildet, das wäre für ihn Sex wie mit jeder anderen Frau? Er spürt, dass sich dieses Bild von April tief in sein Herz prägt. Wie sie unter ihm liegt, ihr Körper weich und wunderschön, ihre Augen vertrauensvoll auf ihn gerichtet, ihre Lippen rot von seinen Küssen, die Haare umrahmen ihr hübsches Gesicht ... sie ist perfekt, wenn sich Alejandro jemals eine Traumfrau hätte ausmalen sollen, wäre genau dies das Bild gewesen.

Er sieht April in die Augen, beugt sich vor, küsst ihre Stirn und dann ihre Lippen, bevor er sie beide vereint und er endgültig akzeptiert hat, dass April für ihn niemals wie irgendeine andere Frau sein wird.

Kapitel 16

Belindas Herz rast. Sie hat keine Ahnung, was hier jetzt alles passieren wird, es war so spontan und so dringend, dass wohl niemand es richtig weiß, zumindest konnten weder Vidal per Nachricht, noch Alejandro, als er April und ihr vor einer Stunde gesagt hat, sie müssen zu einem Treffen, genau erklären, wieso und was alles passieren wird.

Vor zwei Tagen ist Benjamin getötet worden und noch weiß niemand davon, außer April und sie, Vidal, Elian, Alejandro, Ponce, Vidals Vater und ihr Vater. Sie hatten schon gesagt, dass sie sich noch einmal treffen wollen, um jetzt endgültig zu klären, wie es weitergeht und was für Fortschritte Elian gemacht hat. Alejandro sagt, dass sich so langsam alle Fragen klären, was jetzt mit dem Krieg ist, der eigentlich kurz bevorstehen soll.

Alejandro war heute den ganzen Vormittag mit Roman zusammen, sie saßen bei ihm im Garten und haben geredet, April und Belinda konnten sie von ihrer Terrasse aus beobachten. April ist nun richtig mit Alejandro zusammen, Belinda kann sich das nicht so ganz vorstellen, doch ihr Bruder gibt April jetzt immer zur Begrüßung und zum Abschied einen Kuss auf den Mund, vor allen, selbst vor ihrem Vater hat er das getan, was dieser gleich zum Anlass genommen und Belinda und April zum Abendessen ausgeführt hat, er ist begeistert, dass sein ältester Sohn endlich mal offiziell eine Frau an seiner Seite hat. Santos ist nun wieder mit Lilly zusammen, Ponce ist der Jüngste und hat noch Zeit, nur Belinda tanzt aus der Reihe und lässt sich auf den Feind der Familia ein.

Sie haben nicht mehr von Vidal gesprochen, doch natürlich weiß Belinda, dass, obwohl momentan niemand mehr davon spricht, das Problem weiterhin bestehen wird. Deswegen hat Belinda auch solche Bauchschmerzen. April hat die letzten zwei Nächte bei Alejandro geschlafen und als sie heute Morgen kam, hat sie Belinda erzählt, dass Alejandro sie in zwei Stunden abholen wird, es ist ein geheimes Treffen einberufen, mehr hat er nicht gesagt. Belinda hat sofort Vidal geschrieben, der auch nur geantwortet hat, dass Elian ihm davon erst vor einigen Minuten berichtet hat. Er und auch sein Bruder wissen nichts Genaues, aber er wurde nicht müde, Belinda zu versichern, dass sie sich keine Sorgen machen soll. Das tut sie aber. Wer kommt alles zu dem Treffen, ist etwas Neues passiert? Was wird besprochen? Wird es auch um Vidal und sie gehen? Sie hat am allerwenigsten mit dem Hass der Familias zu tun, doch dieses Treffen scheint sie am meisten nervös zu machen.

Sie weiß nicht einmal, was sie anziehen soll. April wird bei Belinda im Loft bleiben, da sie bei dem Treffen nicht dabei sein kann. Während Belinda aufgeregt im Appartement hin und her läuft und überlegt, was dieses Treffen zu bedeuten hat, versucht ihre beste Freundin sie zu beruhigen.

Jetzt hat sie nur noch zehn Minuten und sieht in den Kleiderschrank. Zwischen all den neuen Kleidern entdeckt sie das rote Top, was sie anhatte, als sie Vidal das erste Mal im Casitas getroffen hat. Sie sucht sich den schwarzen engen, knielangen Rock heraus, den sie auf der Geburtstagsfeier von Dante getragen hatte, auf der sie sich das erste Mal geküsst haben und hofft, dass dieses Outfit ihnen heute Glück bringt. Belinda spürt, dass, egal worum es auf diesem Treffen geht, es auch immer um Vidal und sie gehen wird, irgendwie hat alles was passiert ja auch immer einen direkten Einfluss auf ihre Beziehung.

Belinda benutzt nur Lipgloss und Wimperntusche. Sie bindet sich ihre schweren Wellen zu einem hohen Zopf und zu mehr kommt sie auch nicht, da ruft Alejandro schon von unten.

Er ist alleine, Belinda hätte gedacht, Ponce wäre bei ihm. Alejandro trägt eine Jogginghose, ein Muskelshirt und seine Waffe. Er hat sich ein kalte Limonade aus dem Kühlschrank genommen und küsst April auf den Mund und Belinda auf die Wange, dabei str,aft er Aprils glatte Haare mit einem bösen, aber trotzdem liebevollen Blick, es ist eigenartig, ihren ältesten Bruder plötzlich in dieser Rolle zu erleben. »Können wir los?« Belinda wird immer hibbeliger und Alejandro zieht die Augenbrauen zusammen und betrachtet seine Schwester. »Wohin genau gehen wir und um was geht es alles?« Alejandro lacht leise und schüttelt den Kopf, er deutet ihr, aus dem Angestelltenausgang zu gehen, offenbar schmuggelt er sie wieder hier hinaus.

»Das kann ich dir noch nicht genau sagen, Belinda, unsere Leute denken, ich verbringe Zeit mit April, während du dich ausruhst und untersucht wirst. Es kommt sogar extra ein Arzt, der aber weiß, dass er nur eine Stunde im Haus verbringen soll, er hat genug Geld bekommen und wird keine weitere Fragen stellen. April, du solltest die ganze Zeit im Loft bleiben, wir sind bald wieder zurück. Komm Belinda, wir müssen los!«

Belinda wird immer mulmiger, sie umarmt April, die sie fest an sich drückt, sie weiß, wie nervös Belinda ist. Ihr Bruder küsst April noch einmal und dann folgt Belinda Alejandro über die Schleichwege zu den Garagen und setzt sich schnell hinten auf die Rückbank des Mercedes mit abgedunkelten Scheiben, man erkennt niemanden, der hier im Auto sitzt, was natürlich praktisch ist. Somit fahren sie einfach an den Wachen vorbei.

Es ist fast wieder der gleiche Weg, den sie hinter sich lassen, wieder hält Alejandro im Parkhaus und sie fahren mit dem Taxi in die Nähe des Hafens, danach laufen sie über versteckte Wege zum Gebäude, in dem zur Zeit Vidal lebt. Als sie schnell hinein huschen, stehen sie vor Vidal und Elian, die beide unten in der Lagerhalle am Tisch sitzen und auf sie gewartet haben. Belinda sieht sofort nach oben, wieso ist Vidal nicht dort? Die Wohnung ist offen und alles ist weggeräumt, offenbar hat Vidal nicht vor, länger hier zu bleiben und hat nur noch auf sie gewartet.

Es ist erst ein paar Tage her, dass sie Vidal gesehen hat, doch wieder sieht er erholter aus. Man sieht im Gesicht noch ein paar Schrammen, doch auch er trägt eine graue Jogginghose, somit sieht man die Schusswunde an seinem Bein und die anderen Verletzungen nicht und durch das weiße Shirt, das er trägt, sind auch die meisten Verletzungen am Oberkörper verdeckt.

Als er sich jetzt mit Elian, der eine schwarze Jeans und ein rotes Shirt mit V-Ausschnitt trägt, erhebt, sind das wieder die mächtigen Anführer der Puentes, von der Verletzbarkeit und dem verwundeten Vidal, den sie angetroffen haben, als er sie das erste Mal gerufen hat, bemerkt man nicht mehr viel.

Doch auch wenn er wieder wie der Alte aussieht, hat sich vieles geändert, das sieht man, als Vidal Belinda in die Augen blickt und sich sein Blick sofort verändert. Sie weiß, dass all das nicht leicht ist, doch sie geht sofort zu Vidal und küsst ihn auf den Mund, er umarmt sie kurz, küsst ihre Wange und Belinda begrüßt auch Elian mit einem Kuss auf die Wange. Als sie sich umdreht, sieht sie, dass Alejandro zu Boden sieht, fast, als wolle er das alles verdrängen, doch daran muss sich ihr älterer Bruder einfach gewöhnen, er muss es einfach …

Alejandro will gerade ansetzen, etwas zu sagen, da geht die Tür erneut auf und plötzlich steht Vidals Vater vor ihnen und flucht leise. »Was für ein Scheiß-Aufstand, um zu meinem Sohn zu kommen, das muss sofort aufhören! Wir verstecken uns nicht!« Er sieht zu seinen Söhnen, dann erst zu Belinda, die noch immer sehr nah bei Vidal steht, dann erst zu Alejandro, der ihnen gegenüber steht.

Belindas Herz beginnt wieder zu rasen, Vidals Vater hat viel von seinen Söhnen, besonders das herrische Auftreten und sie schluckt leise, als sie jetzt sein Blick trifft, natürlich weiß er, wer sie ist und was Vidal für sie getan hat. »Sieh an, die Feinde sind auch schon im Haus.« Er sieht zu Alejandro, Vidal lächelt Belinda ermutigend zu, doch sie kann sich nicht mehr bewegen, keinen Millimeter, sie ist einen Augenblick wie erstarrt, dann stellt sie sich ganz automatisch zwei Schritte von Vidal weg und zu Alejandro hin, was alle im Raum zur Kenntnis nehmen, doch sie kann gar nicht anders, Belinda könnte mit der Ablehnung von Vidals Vater, die sie sicherlich bekommen wird, gar nicht umgehen.

Gonzales geht zu Vidal und sieht sich seinen Sohn genau an, er hat ihn ja zuletzt an dem Tag gesehen, als er hier schwer verletzt eingetroffen ist, gleichzeitig wendet er sich an Alejandro. »Wo bleibt dein Vater, ist er sich zu …?«

Im selben Augenblick geht die Tür erneut auf und Belinda atmet schockiert aus, ihr Vater auch noch? Was soll das hier für ein Treffen werden? Sie bekommt Panik. Ihr Vater ist nicht alleine, Ponce ist bei ihm und ihr jüngster Bruder schenkt Vidal, Elian und Gonzales einen so tödlichen Blick, dass Belinda sich verzweifelt zu Alejandro umdreht.

Was passiert hier gerade?

»Sieh an, dafür dass all das hier streng geheim ist, werden immer mehr eingeweiht, ich habe dir doch gesagt, dass du niemals einem Sombras trauen kannst, Vidal. Niemals!« Belindas Vater und Ponce stellen sich zu Alejandro, da Belinda sich auch wieder näher zu ihnen gestellt hat, steht ihr Vater nun neben ihr und stellt sich einen Schritt vor sie, was niemandem hier entgeht. Auf seinem Gesicht liegt ein belustigtes Lächeln. »Gonzales, es ist wie immer ein Vergnügen, dich zu treffen!«

Nun wendet sich das erste Mal Vidal an seinen Vater, wenn die Väter auftauchen, schweigen die Söhne meist erst einmal. »Ponce war dabei, als wir Benjamin erschossen haben, deswegen weiß er auch von allem.« Der Vater von Vidal und Elian stellt sich zwischen seine Söhne und wenn man sich die drei so nebeneinander ansieht, kann man erahnen, wie mächtig diese Familie wirklich ist. Nur Belindas Familie beeindruckt das natürlich überhaupt nicht, sie sind nicht weniger mächtig und ihre Erscheinung ist genauso imposant.

Nun sieht Gonzales das erste Mal richtig zu Belinda. Sie spürt seinen Blick auf sich und erwidert ihn, er ist der Vater des Mannes, den sie liebt und wenn Vidal und sie auch nur den Hauch einer Chance haben wollen, muss sie sich mit ihm auseinandersetzen, mit all der angestauten Wut hier im Raum. »Ramiro, wie ich sehe, ist deine Familie angewachsen. Sie sieht ihrer Mutter sehr ähnlich.«

Belinda und Vidal tauschen einen Blick aus, Vidal sieht sie zuversichtlich an, fast so, als wolle er ihr sagen, alles wird gut, doch Belinda glaubt das nicht und das muss Vidal auch in ihrem Blick sehen. Offenbar kannte Gonzales ihre Mutter, Belinda fällt wieder ein, dass ihre Väter ja sogar mal befreundet waren, Vidal hat es ihr erzählt, als er ihr die Feindschaft zwischen den Familias versucht hat zu erklären.

Sie sollen damals größere Geschäfte einer Familia zusammen gefeiert haben und auch zusammen Geschäfte abgeschlossen haben, bis sie sich irgendwann gegeneinander gewandt haben, damals wird Gonzales wahrscheinlich auch ihre Mutter getroffen haben.

Ihr Vater tritt noch einen Schritt vor und verdeckt Belinda nun fast. Wenn sie etwas in dieser Zeit gelernt hat, dann, dass sie für ihren Vater der wundeste Punkt ist. Er versucht sich immer sofort vor sie zu stellen, bei seinen Söhnen weiß er, dass die sich wehren können. Er versteht nicht, dass Belinda gerade gar nicht in Gefahr ist, auch wenn Gonzales sie nicht gerade zu mögen scheint, Vidal würde nicht zulassen, dass jemand ihr etwas tut. Niemals!

»Ja, das hat dein Sohn leider auch schon sehr früh bemerkt!« Belinda würde am liebsten die Augen verdrehen und setzt schon an, um ihrem Vater etwas zu sagen, doch Gonzales ist schneller, scheinbar kommen die beiden jetzt so richtig in Fahrt. »Oh, so wie ich das verstanden habe, verdanken wir die Tatsache, dass deine hübsche Tochter noch hier bei uns ist, meinem Sohn und auch deine Nichte lebt nur noch dank meines anderen Sohnes, also frage ich mich, was genau dieses Treffen hier noch soll? Ich denke, dass du somit so tief in meiner Schuld stehst wie ...«

Alejandros Handy klingelt und stoppt all das zum Glück. »Das ist der Grund, wieso wir das hier einberufen haben. Es gibt Neuigkeiten und wir müssen den Plan ändern.« Er geht zur Tür und öffnet sie, nachdem es auf seinem Handy geklingelt hat.

Hier im Raum stehen so viele unausgesprochenen Fragen, so viel Wut und Hass, dass sie alle wirklich nichts mehr verwundern sollte, doch als jetzt Roman, Alena, ihre Mutter und Emilia durch die Tür kommen, sind sie alle, wirklich alle verwundert.

»Alena!« Belinda reagiert als Erstes wieder, sie umarmt ihre Cousine, die sie jetzt schon länger nicht gesehen hat. Alena sieht müde aus, sie trägt nur eine schwarze Leggings und ein schwarzes Top, in der Hand hat sie einen Pullover zusammengerollt. Doch egal wie müde Alena aussieht, man bemerkt sofort, dass es ihr wieder etwas besser geht. Ihre Haare sind ein wenig gewachsen, viele Wunden verheilt, selbst die Wunde an der Nase, die so tief und groß war, ist schon ziemlich gut abgeheilt. Sie hat ein wenig zugenommen und ihr Blick wirkt klarer, auch wenn man in ihren schönen grünen Augen wieder sofort die Angst und die Panik erkennen kann, niemand weiß, ob sie diese jemals wieder loswerden wird.

Sie hatten, nachdem Benjamin Belinda gefangen gehalten hatte, kurz miteinander gesprochen, doch es war nur sehr kurz und nun drückt Alena Belinda an sich, sie sieht sich verwundert um und Belinda spürt, wie sich Alena versteift, als ihr Blick zu Elian geht. Auch Belinda blickt sich zu ihm um. Alena und Elian sehen sich in die Augen und das nicht nur einen winzigen Augenblick, bis Roman all das unterbricht.

»Ich verstehe immer noch nicht, was sie mit unserem Scheiß zu tun haben.« Alejandro deutet Roman, ruhig zu bleiben, als er laut wird, im gleichen Moment wird nun auch Vidal ungeduldig. »Es war abgemacht, dass niemand sonst von alldem erfährt und nun wächst euer Kreis immer mehr.«

Alejandro stellt sich in die Mitte, offenbar ist er der Einzige, der in der Lage ist, wenigstens ein bisschen zwischen ihnen allen zu vermitteln. »Es ist nicht nur unser Scheiß, deswegen sind wir hier, es ging nicht anders. Roman hat die drei gerade vom Flughafen abgeholt. Sie mussten über Umwege fliehen, nur Roman wusste davon und hat es mir gesagt, ich musste ihn deswegen über all die Geschehnisse informieren, denn nun hat sich auch für unsere Familie alles geändert ...«

Elian unterbricht ihn. »Vor was mussten sie fliehen?« Statt Roman antwortet Alena und sieht Elian dabei fest ins Gesicht. »Vor Benjamin, er hat mich gefunden. Ich habe doch gesagt, dass er niemals aufhören wird und niemand ihn stoppen kann.«

Elian sieht ihr fest in die Augen. »Benjamin ist tot, Alena, ich habe dir gesagt, dass ich ihn töten werde und das habe ich getan, zusammen mit Alejandro.« Zum Glück scheint niemand wirklich zu stören, wie vertraut Elian mit Alena spricht, doch Belinda bemerkt diese Vertrautheit zwischen ihnen sofort, alle anderen versuchen nur zu verstehen, was passiert ist.

»Das glaube ich nicht!« Offenbar wussten nur die drei Frauen nichts davon, dass Benjamin tot ist, Roman scheint schon darüber Bescheid zu wissen. Belinda erinnert sich an das Gespräch heute mit Alejandro in seinem Garten.

»Doch, das ist er, wir haben seine Leiche aufbewahrt, es ist wichtig, dass du sie siehst, damit du wirklich glauben kannst, dass es vorbei ist. Einige sollten ihn sehen, um wieder richtig schlafen zu können, auch die Frau, die er bis vor wenigen Tagen noch gefangen gehalten hat ...« Belinda sieht zu Alejandro. »Er hatte wieder eine Frau in seiner Gewalt?« Ihr Bruder deutet zu Ponce.

»Ja, diese Alina aus dem Obdachlosenheim. Ponce hat sie sofort zu einem Arzt gebracht.« Belinda kann das nicht glauben, noch eine. »Was hat er ihr angetan? Wie geht es ihr jetzt?« Ponce zuckt die Schultern. »Ich weiß nicht, ich habe sie dort abgegeben und bin zurück, um Benjamin zu schnappen.« Nun wendet sich auch Alena zu Ponce um. »Hast du danach nicht einmal nach ihr gesehen?« Ponce hebt die Arme. »Ich kenne sie doch gar nicht weiter ...« Belinda sieht vorwurfsvoll zu ihrem jüngsten Bruder. »Das ist doch egal, Ponce.«

Gonzales mischt sich ein. »Dieses Familiendrama ist ja ganz nett, doch was bedeutet das Neues? Was ist jetzt so wichtig daran?« Alejandro räuspert sich. »Alena ist sich absolut sicher, dass der Brief von Benjamin geschrieben oder diktiert worden sein muss, als er noch gelebt hat ...« Wieder mischt sich Alena ein. »Es kann nur von ihm kommen, da standen Dinge drin, die nur er wissen kann.«

Belinda versucht zu begreifen, was da passiert sein kann, doch Alejandro ist schneller. »Alena denkt, dass Benjamin persönlich da war und den Brief in ihrem Zimmer abgelegt hat, was nicht sein kann, er war hier, das wissen wir ja nur zu gut. Das bedeutet, dass ... einer unserer Männer den Brief für ihn dort hingelegt hat.«

Belinda sieht erst zu Alejandro, dann zu ihrem Vater, nicht auch noch bei ihnen. Vidal räuspert sich. »Denkt ihr also, dass es bei euch auch einen Verräter gibt?« Man sieht Belindas ältestem Bruder an, wie schwer ihm die nächsten Worte von den Lippen gehen.

»Nicht irgendeinen Verräter. Bei uns gibt es den engsten Kreis mit uns sechs, dann folgt ein weiterer enger Kreis und der war eingesetzt, um Alena und die Klinik zu bewachen. Es sind genau zwanzig Männer, die eigentlich unser vollstes Vertrauen haben. Es war gerade erst ein Wechsel von zehn, die zurück nach Puerto Rico geflogen sind und zehn, die gerade angekommen sind, also kann es rein theoretisch jeder der zwanzig gewesen sein.«

Gonzales verschränkt die Arme vor der Brust. »Also haben wir alle Verräter in unseren engsten Reihen, wir müssen nur noch herausfinden, wer das ist.« Ramiro nickt. »Wir gehen davon aus, dass diese Verräter zusammenarbeiten ...« Elian sieht zwischen allen hin und her. »Benjamin hat angedeutet, dass es viel größere Ausmaße hat, als wir uns vorstellen können. Nehmen wir an, diese Verräter arbeiten zusammen, all das würde wenigstens erklären, wie Benjamin uns so lange entwischen konnte. Das alles kann niemals nur das Werk eines kranken Mannes gewesen sein, Benjamin war nur ihr Spielball, auf den wir uns konzentriert haben, sodass sie freie Hand hatten, all das zu planen und vorzubereiten.

Sie haben Artur, Adrian und Dalila auf dem Gewissen und all die anderen, die gestorben sind oder verletzt wurden.« Alena sieht zu Boden, Roman stellt sich neben sie und legt ihr den Arm um. »Sie haben versucht, die Familias zu schwächen, dann sollten wir aufeinander losgehen und uns gegenseitig zerstören, sodass sie danach eine neue Familia stellen können, die unsere Positionen einnehmen kann. Eigentlich war das alles gut durchdacht, nur dass wir ihnen auf die Schliche gekommen sind, bevor sie ihren kranken Plan durchziehen konnten, aber sie hätten es fast geschafft. Wäre Vidal wirklich gestorben, wäre der Krieg nicht aufzuhalten gewesen und niemand hätte sie jemals entlarven können.«

Belinda versucht krampfhaft, sich die engsten Mitglieder ihrer Familia vor das innere Auge zu holen. Wer von ihnen kann für all das verantwortlich sein? Sie traut es niemandem zu.

Ramiro tritt vor. »Es ist schwer zu glauben, dass wir von unseren eigenen Männern so hintergangen werden, für jede Familia hier, doch wir müssen all das endgültig beenden, erst danach kann wieder alles zum normalen Alltag zurückkehren. Ab sofort werden alle Geschäfte eingestellt, vertrauliche Informationen werden nur noch über die Personen ausgetauscht, die jetzt hier im Raum sind und über dieses Treffen wird niemandem gegenüber sonst ein Wort verloren, ist das allen klar?«

Ihr Vater sieht sich zu ihnen um, Roman hebt die Hände. »Verdammt, was ist mit Santos, Levi, Suerte ... wir können das alles doch nicht vor ihnen verheimlichen?« Alejandro unterbricht ihn. »Das müssen wir, fürs Erste. Glaub mir, sie werden es später verstehen.« Auch Gonzales sieht sich zu seinen Söhnen um. »Das Gleiche gilt auch für uns, all das bleibt erst einmal unter uns. Vidal wird heute in die Cuidad zurückkehren. Wir werden allen sagen, dass Benjamin tot ist und der Krieg nicht stattfinden wird ... und dann warten wir erst einmal ab. Egal wer dahinter steckt, diese Informationen werden Panik unter ihnen verbreiten und wenn Menschen Panik haben, machen sie Fehler. Wir müssen sie nur noch dabei erwischen.«

Belindas Vater nickt, offenbar treffen die beiden ältesten Anführer gerade Vereinbarungen, er scheint etwas in seinem Kopf abzuwägen.

»Ich habe auch eine Idee gehabt. Wir werden Alena, Alicia und Emilia an einem sicheren Ort verstecken und dann zurück in die

Cuidad gehen und sagen, dass die Frauen verschwunden sind, dass wir sicher sind, dass sie vor etwas geflohen sind. Wir haben die restlichen Männer aus der Klinik hier bereits wieder einfliegen lassen. Wir werden allen sagen, dass wir abwarten müssen, bis sich die Frauen bei uns melden, wir werden so tun als suchen wir nach den Frauen. Die Verräter werden sich garantiert auch auf eigene Faust auf die Suche nach den Frauen machen und nicht abwarten. Sie werden verhindern wollen, dass wir erfahren, dass Alena den Brief bekommen hat.«

Alena sieht wieder auf. »Ich konnte nur fliehen, weil sie dachten, ich hätte den Brief noch nicht gelesen, ich bin mir sicher, wenn sie gewusst hätten, dass ich den Brief bereits gelesen habe, hätten sie mich nicht mehr gehen lassen ...« Belinda will sich gar nicht vorstellen, was Alena erneut für eine Angst gehabt haben muss, als sie den Brief gefunden hat, doch trotz allem wirkt sie gefasst, zumindest gefasster als beim letzten Mal, als Belinda sie gesehen hat.

Elian unterbricht sie. »Und ihr wollt Alena jetzt quasi als Köder einsetzen?« Man sieht, dass ihm das nicht gefällt und auch Belinda hat dabei kein gutes Gefühl. »Wir werden die drei gut verstecken, niemand kommt an sie heran.« Elian ist noch nicht überzeugt. »Und wer soll auf sie aufpassen? Keiner kann hier momentan irgendwem hundertprozentig trauen, außer den Leuten hier im Raum, wobei die meisten hier bis aufs Blut verfeindet sind. Keine guten Voraussetzungen und selbst wenn, ist das zu wenig, um solch eine Aktion zu starten.«

Roman sieht zu seiner Schwester. »Ich tue es nicht gerne, aber ich muss ihm recht geben, Alena, meine Mutter und Emilia müssen für die nächsten Tage komplett untertauchen, niemand darf wissen, wo sie sind. Doch wie sollen wir sie schützen und gleichzeitig darauf achten, wer sie sucht und wer sich vielleicht irgendwo mit anderen trifft, um sich neu zu besprechen und bei all den Sachen, die jetzt passiert sind, müssen sich die Verräter neu beraten.«

Vidal reibt sich die Stirn und sieht zu Belinda. Sie kann nicht glauben, was all das bedeutet, dass es Verräter unter ihnen gibt. Doch im selben Moment merkt auch niemand so richtig, dass gerade die beiden verfeindeten Familias zusammenarbeiten. Elian meldet sich wieder zu Wort. »Ich weiß einen Ort, wo sie niemals jemand vermuten wird!« Roman will etwas sagen, doch Ramiro kommt ihm zuvor.

»Wir müssen uns alle nächsten Schritte gut überlegen, dafür sind wir hier, es muss alles genau durchgeplant werden. Wir dürfen jetzt keine Fehler mehr machen, das können wir uns nicht leisten. Niemand von uns hat Erfahrungen damit, von den eigenen Leuten hintergangen zu werden und auch nicht darin, mit der anderen Familia zusammenarbeiten zu müssen ... doch ungewöhnliche Zeiten fordern ungewöhnliche Maßnahmen, daran werden wir uns für die nächsten Tage gewöhnen müssen, das Wichtigste bei alldem aber ist:

All das ... Vidal, Benjamins Tod, Alena, dass kein Krieg aufkommt ... all das wird die Verräter Fehler machen und eine Panik ihn ihnen aufkommen lassen, die sie entlarven wird. Wir müssen uns nur noch zurücklehnen und ihnen dabei zusehen, doch ihr müsst euch darauf gefasst machen, dass es nicht schön wird, die Wahrheit zu erfahren und dass sich ab jetzt ...

alles ändern wird!«

Lesen Sie weiter in ...

El Puerto

DER HAFEN

BÖSE ÜBERRASCHUNGEN

EL Puerto – Der Hafen 7

Böse Überraschungen

Vidal wirft sein Handy auf den Beifahrersitz, seine Laune ist auf dem Tiefpunkt, noch tiefer kann sie nicht sinken.

Er hat wirklich angefangen durchzuatmen. Die letzten Tage lief alles so ruhig, das erste Mal seit Langem hatte er das Gefühl, dass endlich sie wieder das Ruder in der Hand haben. Sein Vater hat vollkommen recht, sie können sich zurücklehnen und abwarten, dabei dürfen sie allerdings nichts übersehen.

Doch all das fühlt sich besser an, als so in der Luft zu hängen wie all die Wochen zuvor, wo sie nicht wussten, was als nächstes passiert, was auf sie zukommt. Nun wissen sie, mit was für einem Gegner sie es zu tun haben und auch, wenn es hart zu verdauen ist, dass diese aus den eigenen Reihen kommen, ist es immer noch besser, es zu wissen, als im Dunkeln zu tappen.

Was Vidal wirklich zu schaffen macht, ist das Misstrauen. Er erwischt sich selbst dabei, wie er jedem seiner Männer, mit dem er redet, in die Augen sieht und sich fragt, ob er dazugehört, ob er ihm in den Rücken gefallen ist und Vidal ist sich nicht sicher, ob er das jemals abstellen können wird, ob er jemals wieder einem seiner Männer vertrauen kann.

Noch mehr macht ihm das Wissen zu schaffen, dass einer der Verräter aus den inneren Kreisen sein muss, dass die Informationen, die über den Deal weitergegeben wurden, nur Dante, Benito, Cuca und Aaron hatten. Es muss einer von ihnen sein, doch egal wie sehr Vidal versucht, sich das begreifbar zu machen, er kann es nicht, er kann niemandem von ihnen misstrauen, doch er muss es und das macht ihn wirklich fertig.

Dass er jetzt ständig Kontakt zu Alejandro hat, ist eine Sache, an die er sich auch nicht gewöhnen kann, doch es muss sein. Vidal kann einfach nur hoffen, dass sie alle bald die Verräter finden. Dann wird er seine Familia komplett auf den Kopf stellen, neu strukturieren und es wird sich einiges ändern, so etwas wird ihm nie wieder passieren.

Sein Handy klingelt, es ist sein Vater, doch Vidal nimmt nicht ab, sondern hält schlitternd auf dem Parkplatz des Krankenhauses. Er darf gar nicht hier sein, nicht jetzt, nicht hier. Da denkt er einmal, es läuft etwas besser und dann bekommt er einen Anruf und das ganze Gerüst, was sie aufgebaut haben, beginnt wieder zu wackeln, Vidal hasst es über alles.

Er nimmt sein Handy und seine Waffe und verlässt das Auto. Als er die Autotür zuschlägt, schrecken zwei Frauen auf, die gerade in eine Unterhaltung vertieft waren. Vidal geht zum Eingang und fährt in den ersten Stock, er beachtet niemanden hier, steckt sich seine Waffe hinten in seinen Hosenbund ein und verlässt den Fahrstuhl wieder.

Vor der Tür, zu der er muss, stehen zwei Ärzte, beide in weißen Kitteln und mit den typischen Clipboards in den Händen. Beide öffnen den Mund, um ihm etwas zu sagen, doch er hebt nur die Hand, er will jetzt nichts hören. Er öffnet die Tür und sieht sofort in schöne verweinte Augen, die ihn verzweifelt anblicken. Vidals Herz zieht sich zusammen, doch er kann seine Wut nicht kontrollieren.

»Wieso hast du das getan?«

erscheint 2018

Entdecken Sie die ergreifende Welt von Jaliah J. ...

196

Das Schicksal hat viele Gesichter, es kann Gutes bringen oder sich deinen Plänen in den Weg stellen. Es ist kein Zufall, dass uns manche Menschen begegnen. Wir lernen und wachsen an unserem Schicksal. Es ist keine Frage, ob dich das Schicksal aufsuchen wird, sondern wie du dann damit umgehen wirst.
Für jeden Menschen stellt sich irgendwann die Frage ...

... Glaubst du an das Schicksal?

Jaliah J.

Eine
Kleinigkeit
wie
Liebe

Entdecken Sie die ergreifende Welt von Jaliah J.

El F

Leserkommentare

„Jaliah schreibt leidenschaftlich und hingebungsvoll. Ich habe schon sehr viele Bücher gelesen, die ich richtig, richtig gut gefunden habe. Aber Jaliahs Story nehme ich ihr voll und ganz ab. Kaufe ihr das ab, was sie schreibt. Man hat bei der Lektüre das Gefühl, live dabei zu sein. Sich mitten im Geschehen zu befinden und man kann sich mit ihren Charakteren identifizieren. Man fiebert mit, will wissen wie es weiter geht und der „Süchtigkeitsfaktor" ist auf jeden Fall vorhanden! ;) Ich kann jedem der eine Reise nach Puerto Rico mit dem Kopf machen möchte, in eine neue Welt eintauchen will, den Zusammenhalt der Gangs und deren Familien spüren, das Buch weiter empfehlen!"

Hope
"Hope/Amal, die Geschichte zwischen einem christlichen Mädchen und einem arabischen Prinzen, war unglaublich mitreißend.
Die Persönlichkeit und das Handeln von Farhan (dem arabischen Prinzen) war mir völlig neu und extrem erfrischend.
Auch die liebenswerte Einführung in die Welt des Islam hat mich berührt.

Jaliah hat die Verbindung zwischen zwei Religionen in Form dieses Buches sehr schön dargestellt!!

Die Geschichte ist mitreißend!
Zusammengefasst: Ein tolles Buch mit einer zauberhaften Liebesgeschichte die es sich zu 100% zu lesen lohnt!"

follow me ...

jen und

www.jaliahj.de

199